KERSCHBAUMER · AUSFAHRT

Marie-Thérèse Kerschbaumer

Ausfahrt

Zweites Buch

Wieser Verlag

Originalausgabe

Die Arbeit an diesem Buch wurde gefördert von:
Robert-Musil-Stipendium des Bundesministeriums
für Unterricht und Kunst

Lektorat: Ludwig Hartinger
Umschlaggestaltung: Matjaž Vipotnik
Typografie: TextDesign Tripolt, Klagenfurt
Druck: Kočevski tisk, Kočevje

ISBN: 3 85129 150 6

1. KAPITEL

Fort!

Wasser. An Deck der Fähre ein Koffer aus Holz, Bastgeflecht, Leim. Tierhaut, Messing und Weidenholz. Ein zweiter aus Leder mit leinenem Schonbezug. Wind. Luvwärts, nahe der Reling, die Fremde. Ein Blonder, Großer, in weißem Hemd und blauem Pullover redet auf sie ein. Fragt nach Woher und Wohin. In Lee, der Pulk der anderen Passagiere. Dover liegt vor, Dieppe hinter ihnen. Blau der Himmel zu Häupten, Blau unten, naßweiße Gischt. Mittschiffs der Kiel teilt die Wellen der Straße von Calais, südlicher Arm der Nordsee zum Atlantik. Kein Donner, kein Wellengang, keine Gefahr. Nicht sind die Luken geöffnet, nicht werden sie sinken. Wind im Haar, im Gesicht, Furcht im Herzen. Keine Miene verziehen, nichts sagen, nichts fragen. In vier Stunden sind die Kreidefelsen in Sicht.

Wasser. Die Bucht von Habana ruht im gleißenden Licht. Küstenschiffe am fernen Horizont. Bananendampfer und Steamer weit draußen, Barken und Karavellen auf tiefem Grund. Fangboote laufen aus. Tanker vor der Hafeneinfahrt finden Weströmung vor. Ab Mittag dreht der Passatwind auf Nord-Nordost. Daher sind Morgen und Abend die besten Zeiten zum Einlaufen. Es gelten wichtige Regeln: Einlaufende Schiffe warten auslaufende ab. Signalisiert der Morro ein anlaufendes Schiff, gibt das auslaufende einen langen Sirenenton ab. Große Tanker fahren langsam, sonst wäre der Sog im Becken zu stark. Am Ende der Klostermauern der Santa Clara, wo die Calle San

Pedro die Befestigungsmauern säumt, legen die Boote nach Regla ab, das ist der Stadtteil am anderen Ende der Bucht. Seinen Namen verdankt er der Heiligen Jungfrau von den Regeln des Augustinus, auch El Africano genannt. Weit draußen auf dem Meer werden die Schiffe auf der Floridastraße durch eine starke Strömung nach Osten getragen. Jenseits des Archipels aber liegt Olokun, der Ozean.

In den Riesenhöhlen zwischen den Felsen ist er entstanden, der Schreckliche, den alle Welt fürchtet. Am Anfang war hier unten nur Feuer und brennender Fels. Da befahl Olofi, der Allmächtige, der Welt zu sein, und er verwandelte die Schwaden des Feuers in Wolken. Aus den Wolken aber kam das Wasser herab, das Feuer zu löschen. Da entstand Olokun. Doch das Meer ist auch gut, denn es ist die Quelle des Lebens, und das Wasser bildete Adern in der Erde, damit das Leben sich ausdehnt. Das ist Yemayá, die Mutter des Wassers. Darum erzählt man sich auch, daß Yemayá, ehe alles begann, auf dem Boden lag und plötzlich sprach: *Ibí bayán odu mi.* Mich schmerzt der Leib. Und Flüsse traten aus ihr hervor und die Orishas, und alles, was lebt und atmet auf Erden.

Die Fähre nach Regla schießt dahin wie zur Landung im Stadtteil Casablanca, dreht bei und legt an vor der Kirche der heiligen Jungfrau. Kreolen, farbige und weiße, strömen über den Landungssteg, zerstreuen sich, treten ein über den mit alten Steinplatten belegten und kiesbestreuten Vorhof oder verschwinden in den einfachen Häusern, ebenerdig und mit mehreren Höfen, müde von der Arbeit oder zurück von Verwandtenbesuchen. Eine Yoruba in gelb und schwarz gemustertem Kleid, ein weißes Tuch um den Kopf, betritt das Kirchenschiff, stellt eine schwere Tasche ab, nimmt einen kleinen Strauß dunkelblauer Blüten in ihre großen Hände, geht vor zum Altarraum und kniet aufrecht vor dem geschlossenen Gitter auf den roten Stufen aus Marmor. Ihre großen, hellgelben Fußsohlen sind unter dem gelb und schwarzgemusterten Stoff des weiten Rockes zu sehen. Sie betet laut und hat die Hände vor der Brust gefaltet und hält die blauen Blumen zwischen den Fingern. Sie fleht für alle hörbar in ihrem Schmerz. Andere Kirchenbesucher wandeln leise die Tafelbilder der Heiligen entlang: San Francesco, San Lázaro, San Antonio, Santa Barbara. Sie berühren die vergoldeten Rahmen der Heiligenbilder an den Wänden und führen die Finger von den Rahmen an ihre Lippen und verharren im kurzen Gebet. Sie wiederholen die Berührung des Bildrands wie einen Gruß und gehen langsam zum nächsten Bild weiter. Ab und zu überkommt einen Besucher der Geist des Gebets und er sinkt in die Knie und wiegt sich ein wenig und sagt die alten Worte und Litaneien her. Gekommen ist auch ein Weißer von fünfzig Jahren, er trägt das Hemd hochgeschlossen, die Seidenkrawatte von erlesenem Geschmack, den Leinenanzug von der Farbe blonden Tabaks leicht zerknittert, die Maßschuhe auf Hochglanz poliert. Den hellen Strohhut in seiner Linken gürtet ein breites, kaffeebraunes Band. In seiner Brusttasche, unter dem braunen Seidentuch über dem Herzen, west und atmet eine kleine Photographie. Das Paßbild einer Adoleszenten mit schräggeneigtem Kopf, aufgenommen in einer kalten Gebirgsstadt, einen Tag nach Bezahlung des Lösegelds. Doch das weiß der Mann nicht, dessen Haar tadellos geschnitten und zurückgekämmt ist. Es wirkt glatter, seit es ergraut, wohl haben gewisse Applikationen mit einem Brei aus Kakaobutter, Kokosfett und ausgesuchten Kräutern die Straffung der Locken und diesen bläulichen Schimmer bewirkt. Der elegante Kreole mit der weißen Haut und der kleinen Falte zwischen den Brauen steht aufrecht unter seinem Haarhelm neben dem Sockel mit der Photographie der kleinen Heiligen Theresia vom Kinde Jesus. Die Gesichtszüge des Mannes sind noch immer schön, seine dichten Wimpern über tiefschwarzen, halbgeschlossenen Augen wirken, als döse er. Ein Kirchendiener mit katalanischen Zügen trägt einen roten Samtbeutel von einem Besucher zum anderen, hält ihn auch dem andächtigen Weißen hin. Dieser holt mit der Rechten einen für diesen Augenblick vorbereiteten Geldschein aus der Seitentasche seines Jacketts. Als seine gebende Hand über der Öffnung des Beutels schwebt, ist für einen Augenblick ein Kettchen aus bunten Glasperlen an seinem Handgelenk zu sehen.

Gelb Uniformierte im Morgengrauen, zylindrische Schildkappen, weite Mäntel, Dampfwolken auf dem Perron. Zischend entlädt sich die Lokomotive, die

Stadt muß durchquert, der Bahnhof nach Dieppe erreicht werden, die Koffer sind schwer. Ein Blauer, mit hageren Wangen, deutet stumm auf seinen Lastkarren, empfängt seine Münzen, fremdes Geld, wenig vom Wenigen, Hunger, Not und Furcht. Die dicke Frau am Bahnsteig ist freundlich und nennt ihren Namen, hat das Fleisch vom Fleisch der Stiefmutter und strohblondes, ältliches Haar, doch nicht ihr steinernes Herz, und sie bezahlt den Kofferträger und besteigt mit weichen Schritten und wallend häßlichen Röcken den Bus, sie schwatzt, ist freundlich und führt der Fremden ihr Schlafzimmer vor, das diese augenblicklich mit Szenen von gefesselten und ans Kreuz genagelten Leibern füllt, nämlich die Wände, indes sie zu Füßen der Nackten einem grauhaarigen, knöchernen Fremden sich öffnet, der seine Hände in Öl taucht, ehe er –, doch gerade erzählt die dicke Frau mit schweizerischen Gliedern und deutsch-französischem Akzent von ihrer Arbeit als Privatkrankenpflegerin oder Krankenschwester, die von Heim zu Heim eilt, um den Patienten Spritzen zu verabreichen, und sie erwähnt nebenbei ihr Asthma und daß sie immer diesen Blasebalg hier, in dem Täschchen, bei sich tragen oder in Reichweite deponieren muß. Wenn sie nur endlich entkäme, nicht nur aus dem wie für Leichen dekorierten Schlafzimmer einer alten, gutmütigen Frau, ihren bigotten, grünschimmernden Schändungen in Buntdruck, nein, fort aus diesem Leben, angefüllt mit speckigen Ahnungslosigkeiten in Mordgesellschaft, mit weltfremden Mahnungen und desinteressierter Gleichgültigkeit oder indiskreter Überwachungssucht. Über all diesen Unausweichlichkeiten dieses: Alles wird immer noch schlimmer, wegen ihrer unstillbaren Sehnsucht nach der einen Begegnung, diesem Erkennensblitz im Gesicht eines Menschen, das aus der Menge auftaucht oder aus den Wäldern, es könnte auch über Feldwege kommen, doch dann ist es stets die Wiederkehr der Enttäuschung, beginnend mit dem dicklichen Besatzungssoldaten, der ob seiner Statur bei den drahtigen Siedlungsmädchen keine Chance hat, und der sie deshalb bis hinauf zum Waldrand belästigt, eine unschöne Melodie summt, sobald sie zwischen den Gräsern auftaucht, und der dumme Fragen vom Küssen stellt und sich dann ereifert wie ein Erwachsener, wenn sie, wo er doch so unpassend in ihre verzweifelten Liebesphantasien mit linkischem Gerede vom Küssen hineinschwappt, betont verächtlich ihren Kaugummi durch die zum Rohr geformten Lippen in die Wiese spuckt, und der nicht begreift, obgleich es ihm in seiner Sprache erklärt wird, daß es nur zwei Möglichkeiten gibt in einem Mund, Kaugummi oder Kuß, der aber vor so viel Frivolität aus den Sprechwerkzeugen einer Schülerin entsetzt zurückprallt. Woraus folgt, daß immer nur zwei Arten von Begegnungen vorkommen: Die mit gutmütigen Dummen oder bösartigen Experten. Wo aber war brennendes Wissen und strahlendes Verlangen, das aus der Weisheit kommt?

Ein Mann, für sie alt, klein, mit karierter Hose und blauer Baskenmütze über früh ergrautem Haar, will ihr Croissant bezahlen am anderen Tag, das ist nicht nötig, danke, ihre Kleider, zusammengestellt nach leibfeindlichen und Vorkriegsansichten der alten Kleiderbeschaffer, haben sie in den Augen des Mannes mit den blitzschnellen Entscheidungen als Fremde markiert, als sie, wie ihr geheißen, die Wohnungstür der frommen Krankenpflegerin hinter sich zuzieht und diese Gruft verläßt; weil die Krankenschwester ihr Tagwerk um sechs beginnt und weil sie brieflich darum gebeten worden, vertraut sie ihrem wortkargen weiblichen Gast, der noch auf grünen Gefilden dahinschwebt, den kalten Engel zu suchen, der nur ihr sein Lächeln gewährt und sie hinter den Schleier aus Wasserstaub zieht, und sie folgt ihm wie ihrer Bestimmung oder geht neben ihm oder ihm voran oder, hat er sich gerade verflüchtigt, als Wesen ohne Gestalt, als reine Substanz, oder ist sie der Fremde?, ist es sie selbst, die sich in ihm findet und sucht?, dieser hier bietet sich als Stadtführer an, führt sie, die staunend gehorcht, da sie in dieser kurzen Frist wie sie weiß, niemals so viel gesehen hätte, sich alleine nicht aus der Bahnhofshalle getraut, von wo der Zug nach Dieppe fährt, der kleine Mann erklärt rasch, mit fahrigen Bewegungen, nimmt einen Bus und noch einen, zwingt sie, sich umzudrehen und den Triumphbogen zu betrachten, die sich in der Weite des Boulevards verlieren will, da! der Obelisk, er springt rasch hinter ihr auf den schon fahrenden Bus auf, er fragt nichts, weiß schon alles, daß sie als Dienstmädchen unterwegs ist nach England, die breiten, im Sonnenlicht gleißenden Boulevards, sie ahnt, daß sie dankbar sein sollte, das sehen zu dürfen, viele Menschen aus dem Land, wo sie herkommt, wären froh gewesen, sind aber nicht alleine, mit einem dunklen Teich in der Brust, sie soll eine Nacht bleiben, sagt der Mann, der ihr nun vis-à-vis sitzt, in dem bescheidenen Bistro, das in Wahrheit gar nicht so bescheiden ist, doch für Träumer ist alles bescheiden, außer der einen Berührung, mit diesen empfindlichen Fingerkuppen unter kurz geschnitten Nägeln, sie erblickt verwundert die braunen Knopfaugen des Fragers oder Sagers, die Bewegung ihres Kopfes ist langsam, wie immer in einer Art müden Trance schwebend, wenn sie die erste Angstwand durchtaucht hat, sie hat sich gewundert, warum hier ältere Menschen freundlich zu Fremden sind, wie in dem Land, wo sie wohnte, nur Kinder, nun wundert sie sich, wie es kommt, daß spießig aussehende Erwachsene sich so sehr überschätzen, schreckt aber vor den eigenen Gedanken zurück, findet diese nicht gütig, denn Schwäche sollst du mit Güte begegnen, sagt sich die Verschwenderin von Güte, sie ist bemüht, dem freundlichen Bezahler eines kleinen Mittagessens zu sagen, daß sie nicht bleiben kann, selbst wenn sie wollte, der Mann ohne Alter, der zu faul ist, ihr ein Kompliment zu machen und sich ihr dennoch aufdrängt, um von günstigen Gelegenheiten, sogar von Freuden des Lebens zu sprechen, hat keine Ahnung, es lohnt sich nicht, ihm, der gewiß kein Buch liest, zu erklären, daß zwischen seinen Freuden und ihren Wünschen ein Ozean liegt, und das ist mehr, als ob sie sagte Welten, denn der Ozean ist tief und dunkel, und er reicht an mein Herz, manchmal zieht er sich zusammen und schläft in meiner Brust, das würdest du nie verstehen, alter Mann.

Diese endlose Eisenbahnfahrt nach Westen, immer nach Westen, dieses unerträgliche Schluchzen der Verlassenheit und das gleichzeitig peinigende Bewußtsein, ein weinender Sklave zu sein, ohne Würde in den Augen der anderen und der einzige Mensch unter Menschen, der sich damit nicht abfinden will, rechtlos, und die andern fragen sich, was daran so schlimm sein soll, einen Kostplatz und Willkür gegen einen unbekannten anderen einzutauschen, und nichts zu sein als ein Motiv für eine Geschichte, die man nach dem Lesen rasch vergessen möchte, in einem Zugabteil mit Holzbänken von Schluchzen geschüttelt und ziellos geboren sein, nirgends ein Ziel, aber nicht, wie Rilke sagt, *Ihr Mädchen seid wie die Gärten,* in dem kleinen Buch, das ihr der hochmütige böse Friedrich plötzlich geschenkt hat, als er diese Stelle im Finanzamt bekleidete, seine lederne Aktentasche in der einen gut manikürten Hand, die andere frei, das dichte blauschwarze Lockenhaar kurz geschnitten, mit elastischen Schritten den Schattberg hinuntergeht und kaum grüßt, und eines Tags hat er ihr das kleine Gedichtbändchen zugesteckt, wie ein Erwachsener, wie ein Lehrer, mit beziehungsvollen Unterstreichungen und der lakonischen Widmung, dieses eine Wort, die harte Kurzform seines Namens, und sie, die diese Gedichte nun liest und liest, sie als seine Worte liest und auswendig hersagen kann, wie Stoßgebete, wie den Rosenkranz, und dieser Rilke, der wie der böse Friedrich nichts begreift und keine Ahnung hat von dem, was er schreibt und doch wahr schreibt, aber ohne es zu wissen, weil es so schön gesagt ist, daß es wahr wird durch Schönheit (worüber die meisten lachen), die nur aus Gärten Vertriebene, aus den Blicken des Wohlgefallens Gestürzte, *die Armen,* kennen, an denen er vorübergeht, um über sie zu schreiben, die zu großzügig sind, als daß sie ihn mit ihrer wenig dichterischen wirklichen Armut behelligen würden, die es respektieren, daß andere, die nicht arm sind, nichts begreifen, aus Mangel an Phantasie, und leider auch nicht er, der doch aus Phantasie zu schreiben begann oder vielleicht nicht?, und die in langsam köchelnder, phantasierender Raserei ein Ziel suchen, das nicht in dieses Gedicht passen würde, das darum seine Schönheit und Wahrheit nicht verliert.

Eine Suchanzeige in einem Bezirksblatt und die Englischstunden bei der strengen, selbstverständlich stadtbekannten Kuriosität samt Löwenhund, die mit knotigen Fingern geldgierig nach dem im voraus zu entrichtenden Stundenlohn greift, der das Entgelt für die untergeordnete Arbeit sofort um ein Fünftel kürzt, aber es muß sein, der Hund liegt im Schatten des Balkons, es ist ein stadtbekannter Hund, er ist mürrisch und abweisend, wie alle Hausbesitzer des Tals, das Lehrmädchen mit dem geblümten und gerafften Trägerrock aus Baumwolle und mit der nicht fleckenlosen Bluse, was ihr eine Rüge und die sofortige Versetzung in die Werkstatt und aus den Augen der Chefin einträgt, das leider noch nicht entlassen werden kann, ehe die drei Jahre um sind, stapft mit dicken, sonnengebräunten Waden und Schenkeln an dem Hund mit der schönen dunkelblauen Zunge vorbei, er nimmt keine Notiz von Dienstboten mit noch so wunderlicher Phantasie und Heimlichkeiten, in schneidendem Gegensatz zueinander, die prallen Schenkel und runden Knie verschwinden unter dem karierten Tischtuch, oder war es geblümt, über einer runden Tischplatte, abgesplittert wie der Lack auf den Fingernägeln ihrer Besitzerin, die englische Aussprache ist noch fehlerhaft, was die ehrgeizige Schülerin sofort enttäuscht zusammenschrumpfen läßt, sie schmilzt dahin vor Ehrfurcht und Schüchternheit und möchte ausnahmsweise mit einer alten Frau tauschen, wenngleich diese bestimmt niemals von einer frivolen Hand blitzschnell über den Kleidern an einer bestimmten Stelle gepackt und gezaust wird im oberen Geschäftsraum, und obzwar deren Nagellack absplittert, was ekelhaft aussieht, und obgleich aus ihrer Kehle eine unangenehm tiefe Stimme dringt, tauschen, weil sie die Fähigkeit besitzt, Leute anzulocken, die bitten müssen, etwas aus ihrem Wissen gegen Bezahlung erfahren zu dürfen, wie ein Priester oder ein Arzt, eine unerreichbare, wundervolle Fähigkeit.

Es ist das zweite Jahr dieser vergeudeten Wartezeit, das Haus in der Seitenstraße kurz vor dem Bahndamm ward betreten, der Scherz mit der Verkleidung als alte Leinenhändlerin gelungen, wenn auch nicht in der freundlichen Weise, sondern fast mit einem Hinauswurf endend, eine einfache Mutprobe, die ihr die fromme Herta auferlegt hat, die strenge, leibfeindliche, weil in einem Walzenleib steckende Englischlehrerin weiß nichts von diesen Vorgängen im konkurrierenden, parvenühaften Marktflecken, denn die Englischlehrerin residiert vor der historischen Kulisse der kleinen Gebirgsstadt mit uraltem Stadtrecht, und dieser historische Unterschied wirkt sich auch auf die Wellenbewegungen der Nachrichten innerhalb der alteingesessenen Familien aus, auf der anderen Seite des kegelförmigen Berges lebt jeweils der andersgesinnte Teil der Verwandtschaft. In irgendeiner vergangenen Zeit, meist vor dem letzten Krieg, müssen sich Erbteilungen vollzogen haben, die solch alte Familien in Teile verschiedener Art verwandelt, die Fremde mit dem unscharfen Blick und der ungeklärten Herkunft sucht die geheimen Zusammenhänge und Beziehungsmuster der verschiedenen Kirchstuhlbesitzer auch dort, wo sie nichts zu suchen hat, wie gesagt wurde, Familienkunde, so konnte man es nennen, nicht zu verwechseln mit Ahnenkunde, die alle betrieben oder betreiben mußten, Barbarina hat nie den Ahnenpaß oder Ariernachweis ihres Großvaters gesehen, was sie bedauert, denn sie will wissen, was war. Die Mitglieder der verzweigten katholischen Verwandtschaft haben in ihm ein lästerliches Schriftstück gesehen, das noch vor dem Einmarsch der Amerikaner an heimlichen Feuern entzündet, in qualmenden Herdfeuern verbrannt wurde.

Die Lehrerin der englischen Sprache im dunkel möblierten Salon ist atheistisch gesinnt, wie gesagt wird, gerade fragt sie nach der Person, von der die verzagte Schülerin mit den vielen Geheimnissen ihre Adresse erfuhr und eine Empfehlung stammelt, es ist jene Arbeitskollegin – ein Wort, das im Sprachgebrauch ihrer Verwandtschaft aus Besitzenden und Enteigneten nicht vorkommt –, die in dem Netz aus Intrigen und Menschenhaß einmal diesen, einmal jenen Part einnimmt, die aber zuletzt gestand, fort, nur fort von allem zu wollen, die Barbarina der Besitzerin der Werkstatt und des Ladens dennoch preisgab, indem sie ihr deren lasterhafte Bekanntschaften verriet, und die dann später mit dem von derselben Ladeninhaberin als brav, das hieß lächerlich, bezeichneten Mann und Liebhaber und offiziell Verlobten mit der Vespa durch Italien gefahren wird, von dieser Reise Fotos nach Hause schickt, bis die sich wieder ankündigenden Monatsschmerzen so heftig sind, daß der Verlobte und Liebhaber, ein Süditaliener und Angestellter einer Versicherung, was die unwissende Hörerin der Intrigen kaum attraktiv fand, sie zu einem Arzt führt, der die blonde Alpenbewohnerin sofort in ein Hospital einweist, wo Krebs festgestellt wird, und wo die noch nicht Zweiundzwanzigjährige binnen vier Wochen tot ist. Der arme Versicherungsbeamte, dessen Briefe so schön und versprechend verfaßt, immer laut vorgelesen wurden, als Beweis, daß es dereinst besser, viel besser sein wird als hier, mit den ewigen Skitouren, die regelmäßig in alkoholgetränkten Leibesübungen enden, mit denen dann während der Arbeitszeit geprahlt wird, hat alles bezahlt, das wurde mehrmals erwähnt und auch für richtig befunden, denn, wo wenig Großzügigkeit herrscht, wird besonders Wert gelegt auf die Großzügigkeit anderer. Die langjährige Zimmergenossin und angeblich unzertrennliche Freundin dieser jungen, wenn auch bereits zweiundzwanzigjährigen Toten, von der diese eingestandenermaßen in der letzten Zeit mehr als genug hatte, wie sie Barbarina anvertraute, mit ihren tiefen Lungenzügen im abgedunkelten Zimmer vor dem Einschlafen – und mit ihren Judenwitzen, ergänzt für sich die durch das plötzliche Vertrauen geschmeichelte Zuhörerin, der Krieg ist aus, und alle Juden vernichtet, oder kennt sie vielleicht einen Juden in dieser Stadt?, und selbst der Mann mit dem Einbein hat ihr anvertraut, es sei eine Schande gewesen, wie sie den letzten Juden barfuß durch den Schnee aus der Stadt verjagt hätten, und er nannte einen alpinen, katholischen, geradezu kirchendienerischen Namen, einen, den ebenso gut einer der Patres trug, die auch barfuß durch den Schnee, allerdings den Schattberg hinauf und in den Garten von Pius gelaufen sind und beim Frühstück verschüchtert um den Küchentisch saßen und immer wieder zu Pius Vergelt's Gott, Herr Papa, sagten und dann verschwanden, wie Clara, wie Barbarina, in den Krieg wie es hieß, verschreckte, bärtige Bauerngesichter, die verlacht wurden nach dem Krieg und gerade deshalb so gerne beschützt worden wären von Barbarina, als alle Juden vernichtet, aber die Judenwitze nicht umzubringen gewesen. Ausgerechnet diese Zimmergenossin und nicht das Lehrmädchen im zweiten Jahr, fuhr im Auftrag der Chefin und Ladenbesitzerin nach Italien, um die Sachen oder die Tote heimzuholen, was der italienische Versicherungsbeamte oder war er doch Bankangestellter nicht zuließ, ein richtiger Süditaliener, er will die Tote für sich behalten, wurde gesagt. Der alte Großvater der zufällig elternlosen, gerade erst volljährigen Verstorbenen schrieb fehlerhafte, während der Arbeitszeit zum allgemeinen Gelächter, in das aber die wenig anpassungsfähige Person, die bald schon nicht mehr die Stimmung verderben wird, nicht einstimmte, vorgelesene Briefe, denn sie waren aus dem Osten gekommen, im Krieg oder nach dem Krieg, und sie konnten gar nicht richtig Deutsch sprechen, wurde gesagt, und waren doch keine Ausländer, im Gegenteil, der alte Mann schrieb etwas von Leichenbestehlung und Andenkenschändung, von Ausland und Unschuld und Tod, dafür wurde Übles über ihn gesagt, obzwar er doch gewiß in Trauer geschrieben hat und es den Schmerz eines alten Mannes zu respektieren galt, doch das war in einem anderen Land und zu anderer Zeit, als Menschen Gefühle hatten und Schmerz, und Barbarina legt den Kopf auf ihre Arme über dem Arbeitstisch und weint bitterlich um die Tote. Sie weint über die Geheimnistuerei um deren Krankheit, die man geheim hielt, damit Unruhe im Betrieb vermieden, damit also gearbeitet und nicht getrauert wird, was Barbarina als Wahrheitsverdeckung und Wahrheitsentwendung und Wahrheitsvorenthaltung längst vergangener Willkür empfand, wie auf Schiffen mit Matrosenjungen und Sklaven unter Deck. Sie weinte um die Tote und mußte ein Stöhnen aus ihrem Brustkorb hervorwürgen um eine, die ihr oft Unrecht getan und dies nun nie mehr bereuen kann, sie in den Wettbewerb großspuriger Tatenerzählung gelockt hat, um diese dann den anderen zu verraten, wenn auch gutmütiger als jene, das sah selbst der besitzlose Schwager der Chefin ein, der hier aus purer Freundlichkeit arbeiten darf, obwohl er seine Kriegserfahrungen nie überwunden hat, und daher sonderlich ist, wie gesagt wird, er ist jünger als sein begehrter Bruder und Mitbesitzer des Unternehmens, er wird von der Chefin nur im verächtlichen Ton genannt, als einer, der sich nicht an Frauen herantraut, und als er sich an Bararina herantraut, weil die Reden über sie ihn an etwas erinnern, er ihr also den Platz an seinem Arbeitstisch anbietet, wird sofort telefoniert und aus der Altstadt befohlen, daß Barbarina diesen Platz augenblicklich zu verlassen und zurück zu den sie schneidenden Frauen zu kommen hat, da sie den Schwager und Bruder des Leibherrn nicht von der Arbeit abhalten soll, was die Törin in ihrem Innersten als große Demütigung sich zu rächen vornimmt, eines großen Tages dereinst, eines ganz großen Tages.

Vorerst bleibt es jedoch nur beim Diebstahl von Marmelade, rotgolden glänzend, in dem beschrifteten Glas, für die sechs Stockwerke, mit dem schweren Kohlenkübel die steinerne Wendeltreppe hinauf, das Frühstücksgeschirr der Alten stand noch auf dem Serviertisch und das Marmeladeglas war schon angebrochen, da stand aber auch schon die Köchin in der Tür, mit dem Pergamentgesicht und dem frommen Analphabetengebiß, auf dem die Speisereste, keine Marmelade, zu sehen sind, worauf die Leibeigner, Pistenfahrer und Machtinnehaber der verbockten Diebin große Vorträge halten, der elegante Mann und Segelflieger, mit seiner Jahresfischerkarte und dem Sportwagen samt Anhänger für das Segelflugzeug, der von zwölf Monaten drei, dann sechs in Jugoslawien verbringt, zum Fischen, wie es heißt, er kann sich nicht genug über diese Enttäuschung wundern, indes die der Naschsucht Erlegene sich über diese Wortwahl bei einem ehemaligen Skilehrer, der nie eine Kirche betritt, wundert, wenn sie wenigstens aus Hunger, sagt er, im Krieg haben die Soldaten bekanntlich gehungert, auch das noch, er rief sie an seinen Arbeitstisch, wo er die patentierte Reliefmalerei für Übersee erfunden hat, Bootslack und Schlemmkreide und so, womit er seine Blinker ausbessert, täuschende Fischchen für die blanke Forelle, und seine Frau hat diese Beziehungen zu Übersee, in diesem Gebirgsland haben alle Beziehungen zu Übersee, wenn auch nicht gleichgeartet, er redet und redet über diese fassungslos machende Tat des Nehmens und Essens fremder Marmelade, die Lippen sind bereits faltig über dem vom Pfeifenqualm gebräunten Älplergebiß, was diesen Besucher des Fünfuhrtees in die Nähe der bärtigen Armenhausinsassen, die er gewiß keines Blickes würdigt, bringt, fremde Marmelade und dazu ohne Grund, Barbarina kämpft gegen die neurasthenischen Schmerzkonvulsionen in ihrem stampfenden Brustkorb, eine ungebildete Dienstmagd, die aus widerlicher Sinneslust fremde Marmelade frißt, wird von einem, der ihr im Grunde aus der Hand fressen sollte und darum zeigt, daß sie als Dienstmagd nicht für ihn in Frage kommt, weil sie sich nicht beherrschen kann, während er selbst schon am frühen Morgen elastisch schlank das Rackett mit einer Drehbewegung in die Luft wirft und wieder auffängt, betont achtlos, mit perfekter Sehnen- und Muskelbeherrschung, einer von denen, die erstens dazugehören und zweitens nie zu viel essen, weil sie sich kaum in der Küche aufhalten, an das Zeug außer der Zeit also nicht herankommen, fragen schlau, ob Barbarina Hunger gehabt hat, eine kluge Vorführung ihrer ganzen verachtungswürdigen Haltlosigkeit, Barbarina kennt sehr gut die Romane über Kinder in wirklicher Armut, nicht eingebildeter, wie die ihre. Nur sie in ihrem unbegreiflichen Aufruhr, den sie selbst als Hochmut empfand, weshalb sie fallen muß, das sieht sie fast ein, nicht zum ersten Mal übrigens, unter die Sätze eines Menschen, der dazu fähig ist, zu reden und reden und kalt zu sein bis ans Herz.

Mit unfaßbarer Geschwindigkeit rollt ein Stern durch das All, rollt ein Zug durch die Nacht, rollt das Blut durch den Leib, jagen Schatten vorbei, tauchen Lichter auf und verschwinden, steigen Wortfetzen auf, Gesichter strömen herbei, sind im Nebel verschwunden, eine lange Straße wartet im Regen auf einen Blick. Der Abschied ist vor der Ankunft gewesen, alles Warten ist da vor sich selbst, unendliches Warten auf Einfahrt ist Warten auf Abschied, ein jeder Anfang weiß sein Ende voraus, *darum muß man immer wieder anfangen,* hat dieser Mädchenhändler, denn er war gewiß einer, einstmals gesagt, den Ball drehen und mit nackten Füßen darauf tanzen, als hätte man Fügel und flöge über Betten in einem verzauberten Raum, das Zimmer einer unbekannten Kindheit, mit Abschieden und ihren Zügen durch die Nacht, aber mit einer Ankunft, die dem Abschied ein Ende bereitet, also nicht möglich ist, dann also mit *ihren* Abschieden, durch die Nacht, durch den Tag. Das Geräusch, das vergeht und das kommt, vor der Ankunft, das Geräusch vor dem Tag, vor der Nacht, vor dem Tag. Das Geräusch des Blutes durch den Leib, das Geräusch des Schweigens vor dem Ton, vom Reden und Schweigen, das stumme Sehen vor der Dunkelheit, das Hören in der Nacht, das Rauschen des Rauschens und das Rauschen vom Bach. Warum weinst du, fragt der Fremde, der jetzt in der Tür steht, sein schwarzes Haar ist dicht und umrahmt ein junges Gesicht mit blauem Blick, die Gestalt im dunklen Leder des Waldtiers ist aus der Hüfte schlank und elastisch, warum bist du allein, wohin fährst du?

Sein Spiegelbild zerfließt vor der Nacht, die von draußen hereinkommt, und Drähte und grell strahlendes Licht zerreißen die Nacht, den sanften, dunkelnden Mantel. Die Nacht ist ein grüner Teich und ein Wassermann, sein Haar glänzt blau im Türrahmen, die Maschinen stampfen, donnern und keuchen durch die Nacht, und der Fremde zieht die Spiegeltür hinter sich zu und tritt ein. Es ist still, nur das Stampfen dringt durch den Boden in die Beine dieser altjungen Seefahrerin, es setzt sich fort im Hämmern des Bluts. Deines oder meines? Der nasse Mantel der Nacht liegt um den Fremden, der eintrat, und die Tränen der Nacht und der Abschied der Nacht, und das Auftauchen des Wassermanns aus dem Naß, das an den Fenstern vorbeifliegt. Komm mit, wir singen ein Lied, und der Fremde zieht sie mit sich fort, die Sachen bleiben zurück, hier stiehlt keiner. Wer sollte stehlen und was, kaum zehn Jahre nach dem Krieg, den armen grünen Mantel aus Wollstoff, die Schafwolljacke vielleicht? Der Zug fliegt durch die Dunkelheit, der Fremde zieht sie mit festem Arm durch die Nacht, durch den Wind, durch die Tür des Waggons, durch das Gitter, über Puffer, Wagenkupplung, rasende Schienen, die Verbindung zum nächsten Waggon. Gesang und das Stimmen einer Gitarre, eine Reisegesellschft frommer, trachtengewandeter Junger, Frauen und Männer, älter als sie an Jahren und an Gelassenheit, als die nordlandgewandte, flüchtige, flüchtende Fremde. Kühler Empfang bei den Jungfrauen, die Laute im Schoß, bestickte Bänder seidig flattern, stimmst du mein Lied?

Der fremde Schöne lächelt wie keiner vor ihm, er zeigt die junge Reisende seinen Gefährten, so jung und schon in die Fremde. Sie aber fahren zum Sängerfest, sie freuen sich, sie sind schön. Die Fremde kennt das, auch sie sang im Chor, *oh, Täler weit, oh, Höhen, oh, schöner, dunkler Wald!* Sie sang ganz tief, weil gesagt ward, die piepst, und richtig, nach diesem Chorsingen war ihre Stimme tiefer gestimmt, eine Tracht wurde ausgeliehen, zum Mißfallen der Frauen zu Hause. Der schöne Fremde fragt, sie antwortet, erzählt, noch nie hat einer gefragt und ruhig zugehört, ihre Stimme versagt, sie weint. Warum weinst du? Wieder fragt er, antworten kann sie nicht. Kann nicht sagen, wie in einem Roman, ich muß fort, sie haben mich fortgeschickt, ich war dem Dorf ein Skandal. Es ist wie in einem Roman gewesen, bin eingetreten in das Haus, rechts von der Hauptstraße, vor der Bahnlinie rechts verlief die Zufahrt, das war eine Villa, von feinen Leuten war sie oder von solchen, die reich waren, einst. Die schöne Herta war mit ihnen befreundet, alteingesessen waren sie und die Töchter trugen hochmütige Mienen durchs Dorf. Barbarina, wie immer zu den Hochmütigen hingezogen, wollte die Hochmütigen überwinden, sie bezwingen, um einst selbst hochmütig zu sein, aber nicht sehr. Der Fremde hat den Arm um ihre Schultern gelegt, er hat nur verstanden *Heimweh*, auf der Reise davon, hat sie fortgezogen, hat sie in ein Abteil gesetzt, ihr Gesicht in beide Hände genommen, ihr tief in die Augen gesehen. Dann war plötzlich eine ländliche Frau da, sie kam in ihr Abteil zurück, oder saß sie schon dort, von ihnen unbemerkt, er nahm die vor Angst und Müdigkeit und vom Weinen fast gelähmte Reisende erneut mit sich fort, er lächelt sie an, in der Nische im Vorraum der Klappstuhl an der Wand, er klappt ihn auf, setzt sich hin und zieht die Verzagte zu sich, er küßt sie tief und lange, er küßt ihr die Tränen vom Gesicht, es war dunkel, die Räder rasselten und rollten hier draußen, nur der Lichtschein vom Korridor fiel auf die Kauernden zwischen den Türen, die Räder rasselten und rollten unterhalb, oben schlugen die Herzen, sie strebte in ihr Abteil zurück, stemmte ihre Hände ein wenig gegen seine Brust, da paßt schon jemand auf, sagt er oder denkt sie es, nein, er hat jemand aus seiner Gruppe in den anderen Waggon geschickt, es ist Abend oder Nacht, er sucht ein leeres Abteil, sie befinden sich auf der Reise in einem Grenzgebiet, weshalb der Zug auch halb leer ist, er löst seine Lippen nicht von den ihren, als er sie in das Abteil zieht oder schiebt, sanft bettet er ihr Haupt auf seine Knie, ihren Leib auf die Bank und seine Hände finden ihren Ort.

Und der Seeadler schlief auf den Wellen, und Schiffe fuhren ein mit triumphierender Fracht, ein Zug rollte rasselnd und stampfend durch die Nacht, und die Docks ruhten breit an den Molen. Die Karavellen auf dem Grund waren Heimstatt den Fischen, und die Moräne schlug ihren Leib in den stiebenden Sand. Aufblitzte der versunkene Schatz. Der weißschwänzige Adler mit ungefiedertem Lauf jagt Fische, Wassergeflügel und Hasen. Meteore fallen durch die Nacht, mit kosmischer Geschwindigkeit in unsere Atmosphäre. Möwen brechen auf von den Vogelbergen, und rosa Delphine schweben zwischen den Wipfeln.

Und dann, und dann? Was war dann ? Was kam aus dem Fluß, dem Gewirr von Zeichen, den gesagten und ungesagten Sätzen und Wörtern, was ist und was nicht, wie lange noch wirst du verweilen? Die Straße von Calais, die Wasserstraße, verbindet Atlantik und Nordsee, verwunschenes Naß, versunkenes Meer, unter der Ölschicht sich erinnerndes Meer, was einmal war, was einst war. Zum Beispiel die Geschichte von Schwester und Tochter, eine der Schwestern, die mit hochmütigen Mienen durchs Dorf gehen, sie erzählt von fernen Ländern und vom nahen Italien, wie dort die Mädchen die Hüften bewegen, schon mit zwölf, sagt sie. Das liegt im Blute und niemand findet dort etwas daran, im Gegenteil, da werden Zurufe laut, und eine hört das und denkt, was weiß sie von mir, weiß sie etwas von mir und dem Bruder? Und die andere, die alles weiß, denn man hat sie beide gesehen und es weitererzählt, wie sie in das weiße Gebäude mit dem hölzernen Dachstuhl tritt, am hellichten Tage, denn der Vertrag ist fix und die Ehefrau ist fort und ließ die Kinder hier, eigentlich steht er schon im Begriff sich zu trennen, und es handelt sich nur mehr darum, Zeit zu gewinnen, einstweilen zieht er bald dort ein, in das Haus, das der jüngste Bruder gebaut hat, nicht gebaut, will sagen, geerbt, denn bei der Verteilung des

Erbes fiel es ihm zu, alles fiel auf die Geschwister, nichts auf den Ältesten, der sich die Friesin, eine blonde Friesin, geholt hat, das reinste von reiner Rasse. Sie war verlobt, doch als der Verlobte sah, was geschehen war, ging er zurück an die Front, hat sich zur Jagdstaffel gemeldet und sich abschießen lassen, denn er, der Gebirgler, hat sie geschwängert und da war sie in die Falle geraten, hat auch um sich geschlagen und getobt, das war sogar anziehend, aber zu spät, und ein so schönes Paar wie sie beide hat man auch kaum vorher in diesen Bergen gesehen, in der Bucht unterm Wehr gingen sie baden. Er mit dem schwarzen, glatt zurückgekämmten, bis in den Nacken reichenden Haar, sie mit der blonden Mähne. Das ist lange her, lang ists her, die große Liebe vergangen. In Taormina lagen sie dann, die Schöne kam und kam nicht. Da waren dann genug schwarzhaarige Mädchen da, die hingen an meinem Halse. Die Uniform, und die Heiterkeit, ein jeder hatt' einen Schatz auf Sizilien, so nannte man das, und immer gabs Lebensmittel oder Medikamente, mit denen geholfen werden sollte, für die Familien, die großen Familien im Süden, und ihr Zusammenhalt, und engstirnige Vorschriften wurden umgangen, denn wir verbrüderten uns mit der Bevölkerung, gegen die Regeln, die wurden immer umschifft, und so ein Funker hatte ein schönes Leben, da morsten wir Grüße, manchmal unverschlüsselt, geradezu frech, und eines Tages zeigt er ihr, wie man aus dem Handgelenk, so, mit dem Mittelfinger, die Taste drückt, kurz lang, kurz lang, und so weiter.

Und der Wassermann steht in der Tür, die Räder rasen unter den Brettern und Eisenkragen des Waggons, die Fenster sind naß und die Wälder ertrunken. Der Herbst hat in Besitz genommen das Land, die Lichter im Korridor sind schwach, sie glimmen wie Moorflammen, sein Haar glänzt feucht über dem graugrünen Kragen, und *im Scheine meiner kleinen Lampe seid ihr ganz bleich geworden, ihr gelben Chrysanthemen,* seine Zähne schimmern zwischen den bläulichen Lippen, die Beine sind lang und schlank unter den graugrünen Häuten der Tiere.

Was liebst du am meisten auf der Welt? Im Moor zu baden, meinen Leib ins schwarze Wasser zu legen, unter Algen, Seerosen und Sumpfgras. *Die Wolken ziehn dahin,* riesige Herden seltsamer Tiere dahin, mit langen Rüsseln und Stoßzähnen und dicker faltiger Haut. Schwer und gewaltig brechen sie durch den Busch, stampfen über den weit geöffneten Raum, direkt auf uns zu, schon erkennen wir die Haut zwischen und unter den Zehen, um sogleich ihre dichtgedrängte Reihe am fernen Horizont verschwinden zu sehen, zarte Gazellen und zottige Wölfe im Kiel, zuletzt die Hyäne, das graue Gespiel. Wie stürmisch sie sind, wie sie dräuen ins *Gebirg*, wie sie *branden* übers Kar. Und die Möwen schaukeln auf den Wellen und die Wellen schäumen, gleich losgelassenen Hunden, Pferde der Nacht.

Ich *am Turme.* Konradin geht. Er eilt durch das Tor, im Rücken Fallbruck und Schlucht, und des Sees spiegelnde Fläche. Jagende Hunde, die Wellen. Vor ihm die Warnung von abgeschlagener Hand, den Burgfrieden hüten! Die Kammer des Torwarts liegt rechts, ein Blick auf den Bergfrit, alter Koloß auf megalithischen Mauern, die Torbalken ruhen in Mauergelassen. Links des Tores die Scharte mit dem verschließbaren Guckloch. Die Häscher des Papstes werdens nicht wagen, nicht wagen. An der Hochwand, unterm Tonnengewölb, Stangenwaffen, Streitkeulen, Beile. Der Knabe eilt zur Dürnitz, zu den versammelten Freunden.

Die Wachen ruhen mit der Stirn an die niederen Dekkenbalken gelehnt, die Luft ist von Rauch gebeizt, der heute schwer abzieht. Streichbalken auf Kragsteinen ruhen, ein achteckiger Pfeiler mit Trummholz stemmt die merowingischen Mauern. Darunter die Waiblinge hocken auf ihren Fersen vorm Feuer, sie blicken kaum auf, als der Knabe vorbeidrängt, in den Palas voran, Tannhäuser, den Alten zu grüßen. Der mutige Lehrer im Steinfenster ruht, die Hände zart gebreitet. Die versammelten Ritter sehen in die Glut, ein Spielmann singt, von der Laute begleitet. Friedrich von Baden bei Tannhäuser steht, er hört das Lied, das also geht:

Swanne ich mich von der lieben scheide,
so muoz mîn vrôude ein ende hân,
ô wê, so stirbe ich lihte von leide
daz ich ez ie mit ir began.
Ich enweiz nit, vrôuwe, was minne sint:
mich lât dîn liebe sere entgelten, daz ich der jare bin ein kint.

Genug, sagt Konrad, und blickt umher, die Männer sind eh' kommen. Es ist so weit, legt an euer Wehr, hab Kunde aus Süden vernommen. Die Laute klingt, der Fridel singt, der Welf hat das Erbe genommen. Konradin steht, die Beine schlank, mit graugrüner Tierhaut bedeckt, nahm die Stufen im Sprung, nicht achtend das Angstloch im Saale. Dort unten ächzen die Kundschafter Roms. Die Laute klingt, ein Fahrender singt, das Lied des Staufers den Männern zum Mahle:

Swanne ich mich von der lieben scheide,
so muôz mîn vrôude ein ende hân.

Konradin schaudert, ergreifet die Schale, die Laute klingt, der Fridel singt, das Lied des Staufers zum letzten Male:

Ô wê, so stirbe ich lihte von leide,
daz ich ez ie mit ir began.
Ich enweiz nit, vrôuwe, was minne sint:
mich lât dîn liebe sere entgelten, daz ich der jare bin ein kint.

Die Seeschlange lebt bei den Tiefseebewohnern. Meteore fallen durch die Nacht. Die Möwen brechen auf von den Vogelbergen, und jetzt muß also geschieden sein. In wenigen Stunden, dort übern See, in Richtung Rätische Alpen. Das Löwenbanner flattert im Wind, von Truchseß von Waldburg gehalten. Die Wellen ziehen, rot ist der Mund, man hörts an die Bootsplanken schlagen. Die Wolken fliehen, kühl ist der Grund, lang werden sie singen und sagen. Der Truchseß von Waldburg war Bischof und – Vormund des Staufischen Knaben.

Es war Tag, als sie die Fähre bestiegen, die Sonne nahte präzise der Tag-und-Nacht-Gleichen-Bahn. Der Mond, entglitten schon seinem niedrigsten Himmelsgleis, erdfern stand im Saturn. Merkur hatte das Sternbild des Löwen verlassen, nahm Kurs auf den oberen Himmelsmeridian. Venus schimmerte tief in der Jungfrau, unsichtbar zwischen West und West-Südwest. Das Sommerdreieck hoch im Süden verweilt, aber der Bärenhüter taucht ins Tiefe, nahe West, Cassiopeia zu weichen, die im Nordosten heraufkam. Der Große Bär sank tief gegen Norden herab. Das Wasser war blau und trug Schaumkronen weiß. Eine sanfte Brise spielte in der Reisenden Haar. Am Himmelsrand zeigte die Lichter der Südliche Fisch. Wenn es dunkel wird, wenn wir landen. Gegrüßt sein im Osten Pegasus und Andromeda. Laut kreischend stürzen die Möwen in das bewegte Blau. In den Docks liegen Schiffe, und an den Molen färbt es sich rosa und grau. Das Dreieck heißt Adler, Leier und Schwan.

Siehst du die Sternschnuppe dort? Siehst du sie fallen? Wünsch Dir was, ich wünsche, du sollst wünschen. Ein erwachsener Mann, das Haar in den Nacken gekämmt, dunkles Haar, zu Gast in der Küche, die sie betreten hat, das Haus, eine Villa, wenn man rechts abbog vor der Bahn, einst von der Besatzung besetzt. Gerade hat sie diesen Scherz als alte gebrechliche Frau, die einen Ballen Handwebe bringt, hinter sich, Tuch aus den Bergen, von dort, wo es flach wird, nahe dem Paß. Sie bildet die langen und kurzen Silben, die hellen und dunklen Vokale getreu, läßt hohe und tiefe Töne aus der Kehle, führt die Kunst vor als Kunst, redet, wie man in den Bergen redet, geredet hat vor ihrer Zeit, als es kein Telefon gab, kein Radio, und alles schwer und gemessen dahinfloß, wie man so sagt. Es ist nicht wichtig, ob es stimmt, was gesagt wird, gesagt wurde und gesagt werden wird, wichtig ist einzig, ob die Täuschung gelingt oder ob sie erkannt wird, das Spiel ist ernst, ist ein Spiel. Die Mutter vieler Töchter und zweier Söhne, mit schweren Ohrgehängen in den langgezogenen Ohrläppchen, Ohrenstechen, dachte Barbarina, ist nicht zu verwechseln mit Ohrenstechen, das innen den Kopf sprengt und Fieber verursacht, die Frau mit dem Haarwulst, der Haarrolle, dem Haarüberfluß, oben nach hinten, unten nach oben, das heißt, das Haar lag zu einer dichten, das Gesicht nach außen umrahmenden, dunkelbraunen, fast schwarzen Rolle gedreht, einzelne weiße Fäden durchzogen das Haar, die Haut war fein, die Poren unsichtbar, im Ausschnitt war die Haut etwas welk über der breit ausladenden Brust, unter dem mit kleinen Blümchen dichtgemusterten, kühlenden Sommergeorgettekleid alternder, begüterter Frauen vom Lande. Im Hintergrund waren Dienstboten oder eine Amme zu sehen, diese Frau hatte aus dem Tal, von wo sie herkam, ihre Nährmutter mitgebracht, *Wildschönau,* wie im Märchen, die Amme, die ihre Töchter erzog, sie alle waren nicht etwa fremd hier, sie waren gewichtig und den Männern gewachsen, so dachten sie, wenigstens die beiden jüngsten Töchter dachten so, desgleichen viele Frauen des zum Marktflecken angewachsenen Dorfes. Alles, was breit und alteingesessen ist, war einst aus den Tälern in das Talbecken gekommen, hat hier Hügel und Wälder gekauft, auch die ehemaligen Milchlieferanten des Vormunds, die noch in der Kreisstadt den Termin ihrer Trauung mitgeteilt hatten, die nach dem Unteren Brunnen benannte Frau trug Gold in den Zähnen und am Halse und war nun Besitzerin vom Gasthaus *Zur weiten Fernsicht,* dieses ist zu erreichen, indem man vor der Bahnlinie abbiegt nach links und das Bächlein entlanggeht, doch da gibt es eine kurze Strecke, auf der man weitum gesehen werden konnte, das ist nicht immer ratsam.

Es wird gesagt, daß die richtigen Familien einander am Tonfall erkennen, an der Art, wie ein Verbum gebeugt und ein alter Ablaut verwendet wird, das ist die Kunst, mittels Sprache die Grenzen zu überschreiten zu den Herzen der Menschen, denkt die Törin bei sich, vor dem Altar stehen und die lateinischen Texte erkennen, in die Berge gehen, und die alten Grammatikregeln verstehn, keine Befehle zu Mord und Tod, vielmehr die Liebe sagen und die Schönheit preisen, die Schönheit der Sprache mit Sprache, wie keiner sie kennt und doch kennt. Du kleidest Dich so und so, den Ballen Leinwebe nimmst du mit. Die Tugendhafte, die zu erobern sie auszog, tat, als ob sie zu scherzen bereit sei, dann wieder nicht, diese alten Bäuerinnen, das heißt deren Dienstmägde, waren herumgezogen, sagt Herta und trifft den bestimmten Tonfall, der nicht nachzuahmen ist, nämlich so, und sie macht es vor und die äffische Zuhörerin ahmt diesen Tonfall mehrmals nach und kommt schon sehr nahe den Wissenden und Eingeweihten (das ist der Punkt!) und sie produziert dieses Wort *Tuachwöiei*, diese einst angepriesene, von Tür zu Tür feilgebotene Webe. Dies mag zwar ein Scherz sein, doch er wird die Witwe freuen, sie wird es den Frauen gewiß ausreden, ab nun, die abenteuerlich in unser Gebirge Gelangte zu verdammen, wo sie doch genauso zu uns gehören könnte wie diese Sprechprobe, so täuschend, sage ich euch, zeigt.

Das Allerschlimmste wird nun schon über die Fremde berichtet, wie sie sich kleidet, wie sie mit dem roten Fahrrad hinaus in die *Weitau* fährt, drei Gehöfte mit Stallungen und dampfenden Misthaufen, von weiten, namengebenden Auen umsäumt, abseits der Landstraße, herrliche Deckengemälde, alles Italiener, sagt Herta, farbige Glasfenster, frische Blumen und sonnendurchflutetes Gestühl, arglos jedem Besucher Trost und Ruhe zu geben, nur das Stroh, das von der Tenne geholt wird, zischt leise, wenn es vom Schubkarren herab über den Bretterboden schleift. Es ist kein Beten, nur ein Stehen in diesem Sonnenstrahl, der von oben hereinfällt, als heiliger Geist, *weise wie Salomon* und in Pracht, golddurchwirkte Stoffe gleißen in der Sonne, wenn sie die Stufen hinabsteigt, zur Menge zu reden, ihre Achtung erringend, ein Hahn stößt einen kleinen Mittagsschrei aus, Stimmen sind im Vorhof zu hören, jemand stößt an die eiserne Pforte, schreitet die moosdurchwachsenen Steinplatten ab, zurück zum Landungssteg, die Fähre von Casablanca zu nehmen, zurück auf die andere Seite der Bucht, neunhundert Fischarten unter Kiel, dreihundert Vogelarten zu Häupten, viertausend Weichtierarten und siebentausend Insekten nicht achtend, nur den subtropischen Mond, auf den Wellen des Ozeans, leise schwappend unter den Planken des Bootsstegs, schäumend im Kiel der Fähre, glitzernd unter dem Mondstrahl, der sich wiegt im Tanz der Lukumí, deren Seelen nach Hause reiten, auf den Wellen nach Afrika, auf den Wolken nach Afrika, die Jakobsleiter des Mondstrahls hinauf und nach Afrika. Tútú, tu, tu. Tuutuu, tu tu. Toom, tom, tom. Die Mittagssonne brennt heiß auf den ungeteerten Fahrweg, Staub und das Knirschen der Fahrradreifen auf dem Schotterpfad, die sich davonmacht in einer Wollwebe, naturfarben und mit großen schwarz und roten Karos, weiß nichts von der Bucht, in der ihre Seele verweilt, reitend auf einem Mondstrahl, mit diesen Wellen könnte sie als bescheidene Schwimmerin gar nicht fertig werden, ihre Beinkleider reichen nur bis zu den Waden und sind für den Fahrradsport gedacht, ebenso das passende Oberteil, dessen Schnitt an ein

Motorradhemd erinnert und mit der Hose verknöpft ist, das alles kam über den Atlantik in einem Paket für die Stiefgroßmutter, deren Schwester einst ausgewandert ist, wie bei diesen Tuchwebern der Ostschweiz zu Beginn des Jahrhunderts üblich, deren Tochter schickt die gut erhaltenen Kleider und Schuhe ihrer Nachkommen in die Alpen, wo sie Aufsehen und Ärgernis hervorrufen, weil sie nicht zu beschreiben sind und auch nicht zu dulden.

Sie fuhr zurück auf der Landstraße, es war wenig Verkehr, dafür gefährlich, denn die Fahrer achteten weder auf Tier noch Mensch, und das Dunkelgelb der Glasfenster und ihr betörendes Blau lagen eingegraben in ihren Augenhöhlen und ins Vergessen gesunken für später, sie näherte sich dem Dorf und der Bahnlinie, jetzt lag der Berg mit den Skihängen rechts und die Ache floß links, die Ache, die grünes Wasser führt, die mit dem roten Wasser floß taleinwärts von Osten herein. Der Weg, der von der Landstraße ins Oberdorf und zur grünen Großache führt, zweigt links ab vor dem Hufschmied und nach dem Häuschen des Buchhalters, der nun nicht mehr lebt. Der erwachsene Mann saß in der Küche, die sie damals betreten hat und der jetzt neben ihr das-tut-weh-wie-die-Liebe sagt, was sie in eine große Unruhe versetzt, sie glaubt, nicht richtig gehört zu haben, Mädchenworte aus dem Munde eines erwachsenen Mannes, der umfaßt ihre Schultern, als wolle er sofort aufbrechen mit ihr über Land und Meer, er hielt sie an sich gedrückt und ein wenig hochgehoben, denn er war groß, sie stand nun schon auf Zehen unter diesem sternenglitzernden Augusthimmel, der in den Alpen schon kalt ist, und es löste sich dieser Himmelskörper aus der Unendlichkeit und sauste von links oben nach rechts unten, hoch vom Süden, tief in den Norden herab und querte ihr Herz, sie dachte, ich wünsche mir, daß er aufhört, von ihr zu erzählen, ich wünsche mir, daß er nur mich liebt, ich wünsche mir, daß er Frau und Kinder verläßt und mit mir auf und davon geht, in ein anderes Land, doch das wird nie geschehen, weshalb man sich das bei einer Sternschnuppe wünschen darf und es niemandem sagen, eines Tages werde ich auswandern, sagte er und dreht sich zu ihr, und da möchte ich, daß mich eine begleitet, und er dreht sich zu ihr und sie drehte sich zu ihm unter der tiefblauen, glitzernden Kuppel, einmal muß doch das Glück kommen, einmal wird sie in die Arme genommen, aufgehoben und in ein fernes Land getragen, wo alle gut sind und lächeln, die ihr ins Gesicht sehen, wo sie Musik lieben, fremde Musik und schöne Bilder und Gedichte, *ihr Mädchen seid wie die Gärten* sagen, wo sie einen Leib haben wird, den keiner verdammt, und einer wird kommen und diesen Leib annehmen, wie er ist, und diesen Leib wie eine Gottheit verehren, Weihrauch anzünden und kostbare Öle und Essenzen herbeitragen, ihren Leib salben und ihr Haar, das dicht und dunkel bereits auf Schulterlänge nachgewachsen sein wird, mit Ölen und Essenzen ihr Haar beträufeln, wird vor ihr knien und sein Gesicht, sein

Gesicht, indes seine Hände, seine Hände, mit schlanken, gotischen Fingern (Friedrich?), wie betend, was hast du dir gewünscht, sagt der Mann neben ihr, ich weiß, was du dir gewünscht hast, ich weiß, was du wünschst, und er setzt seinen Weg und seine Erzählung fort, von anderen Himmeln, in Taormina, sagt er, aber sie möchte jetzt nicht nach Taormina, sie möchte in ein Land, wo die Wünsche nicht wahrgenommen, sondern vorweggenommen sind, wo eine unerhörte, unerdachte Begegnung sein wird, auf die sie wartet, aber diese Begegnung muß nicht ersehnt, nicht erbettelt werden (Friedrich?), von nirgendwem, denn diese Begegnung hat auf sie gewartet und ist ihr bestimmt, von Anfang an, man kann immer wieder anfangen, sie weiß genau, wie es sein wird, links im Rücken wird er zu fühlen sein, ehe er da ist, ehe er spricht, er wird einen hellen Trenchcoat tragen, wie im Kino und einen tief in die Stirn gezogenen Hut, der Mann an ihrer Seite trägt einen hellen Trench und einen Hut, und unter diesem Hutschatten wird eine schöne Nase zu sehen sein und schön geformte, trockene und zugleich makellos glatte, von innen her schimmernde Lippen, mit einem unsagbaren, unbenannten, betörenden Wulst zwischen Lippenhaut und Gesichtshaut, sie weiß schon die Geheimnisse, wie dieser Wulst mit Kreide auf Papier zu bringen ist, die Mundwinkel werden dunkel sein und eine wunderbare, aufwärtsgerichtete Kerbe bilden, wie sie mit rotem Toneisenstein, das ist Rötel, oder mit Silberstift gezeichnet wurden, von den Meistern in Florenz. Diese

Lippen werden sich öffnen und guten Abend, Mercedes sagen und sie wird antworten ich erbarme mich unser: Und seine weißen Zähne schimmern zwischen den wie mit Rötel gezeichneten Lippen und seine vertrauten, schön geformten Hände werden ihren Nacken berühren oder ihren Arm: Ihrer beider Schritte folgen der langen Straße unter Zypressen und er wird ihr die Geheimnisse sagen und die Meister, die er verehrt. Danach wird sie sprechen, und er wird ihren Geheimnissen folgen, und es wird ein Geben und Nehmen sein vom Wissen des Wissens. Sie werden einander begleiten zu neuerem Wissen, eins, das den ganzen Menschen erfaßt und ihn annimmt. Dessen höchste Weihe der Kuß ist und die Ahnung von den Geheimnissen, deren Pforten er auftut. Nie wirst du ganz eingeweiht, nie bist du ganz da, denn immer liegt hinter dem Wunder ein nächstes, das du nicht anrührst. Freude wird ihn erfüllen über ihr Wissen, das sie ihm schenkt als Morgengabe jeder neuen Hochzeit, die Zeit ist, von Nacht zu Nacht und Tag um Tag. Dann werden sie lassen voneinander zur kurzen Rast, um sich zu sammeln für neue Begegnung. Diener werden ihre Glieder beleben und ihren Leib nähren wollen, sie aber wird Nahrung verweigern und Wasser trinken, denn die Liebe ist ein heiliges Fest. Nach Sammlung und ausgedehnter Lektüre betritt sie das Bad, der rote Marmor liegt unter freiem Himmel, und ihre Füße bewegen sich leicht auf den Stufen. Der Tritt ihrer Sohlen gleicht dem leisen Streifen des Sumpfblatts, das den Händen entglitt, auf dem Stein, wenn sie langsam, mit diesen Sandalen aus Tierhaut, wenn sie mit diesem Schreiten, Hecken und Sterne betörend, hinabsteigt. Unten legt sie das weiße, das fließende Gespinst ab, das ihren Körper bedeckt hat, setzt sich auf den breiten, marmornen Rand, stützt Kinn und Mund in die Hand, auf ein Knie. Sinnend wird sie die Sonnenstrahlen betrachten, die sich brechen im salzigen Wasser des Beckens und in ein strahlendes Flimmern verbreitern, das sich mit dem Flimmern der Sterne vereint. Dann wacht sie auf aus dem Tagtraum, um sich ins sonnendurchwärmte Wasser zu legen, gleitend in langsamen Rückenstößen durch Wasser, unter dem Fächeln des Nachtwinds. Dann ein Rauschen aufgescheuchter, wirbelnder Fluten und stürzendes Prasseln herab, als ihre nach oben ausgreifende Hand seine Wange berührt. Mit starken Armen faßt er und hält sie, zieht sie durchs Wasser und trägt sie, ihr die Gestirne zu zeigen auf dieser Fahrt. Am nächsten Tag wird der Himmel blau sein und der Tagesmond hell. Nachts werden Sternschnuppen fallen, dieser galaktische Schnee, und er wird fragen, hast du dir etwas gewünscht und sie wird antworten ja.

Der fremde Vertraute neben ihr, der sich wie ein Gleichgesinnter benimmt, ihr von der Liebe erzählt, wie einer, der in Büchern liest und sich ausdrücken kann, war bei ihrem Eintritt in die Wohnküche der Villa abweisend und stolz, hat sie kaum beachtet, hat zu verstehen gegeben, daß sie für ihn nicht zählt, obwohl sie ihm freimütig und voll Neugier oder Erwartung ins Gesicht sah. Eine Frage hat er etwas später in den Kehllauten der Berge und in der lauernden Weise der Gebirgler gestellt, auf die sie, die solchen Klingen nie zu parieren gelernt hat, dumm schweigen oder dumm antworten konnte. Sie hat die Antwort gewählt. Darauf nahm er seinen Hut und ließ eine fragende Hausfrau und eine verwirrte Dirne zurück. Die blauen Blumen auf den Fliesen über dem Herd verwandelten sich zu Maschendraht, die Nischen hinter den weißen Küchenmöbeln gerannen zu schwarzen Käfigen, vor den mit weißen Vorhängen bespannten Fenstern drohten die Bäume mit schwarzem Geäst, die Kette am breiten Halse der Hausfrau glitzerte scharf, und die Dämmerung saß in der hintersten Ecke als von der Arbeit gezeichnete Frau.

Barbarina gab vor, die jüngste Tochter des Hauses, ein Mädchen mit Mannsgebärden, tiefer Stimme und sportlichen Beinen zu suchen, keine Freundin, wie gesagt wird, im Gegenteil. Zum Glück war die als Vorwand Gesuchte nicht zu Hause und hat sich das Reden im Zwielicht bald erschöpft. Es schlug sieben, und von der Pfarrkirche klang tief und mächtig das Abendgeläut, als die Tür hinter ihr zufiel, als sie über die Holztreppe eilte, als sie das kostbar polierte Treppengeländer mit zarten Handinnenflächen berührte, als sie das dunkle Vestibül mit den Oleanderbäumen nur als Stimmungsbild wahrnahm, als das Tor, das schwer und doch leicht in den Angeln lief, hinter ihr zuschlug, als sie es hinter sich zuzog oder leise hinter sich ins Schloß fallen ließ, als sie die Zunge leise einschnappen hörte, wie oft ist sie diese schöne Treppe hinauf und wieder hinunter gelaufen, vorbei an Stechpalmen und wie gesagt Oleander, rasch und behende, rasch und behende, rasch, und mit bis zum Halse klopfendem Herzen, in der Erinnerung und im Traum, durch das vornehme Haus ins Freie zu den berühmten Tannen im Vorgarten, die eine Erinnerung an die Tannen des alten Zahnarztes in der Gebirgsstadt sind, jene alten Tannen, die nach dem Krieg von den Erben des Zahnarzts geschlagen und schnöde verkauft worden sind, und an die sich die Kinder aus anderen Familien nicht mehr erinnern, abwohl sie gleich alt sind wie Barbarina, doch diese Kinder durften in dem Garten nicht spielen, vielleicht sind ihnen die Tannen deshalb so gleichgültig gewesen, obwohl sie doch daran hätten vorbeigehen und sich freuen können, mindestens fünfzig, wenn nicht hundert Schritte weit, zur Rechten, wenn man bergauf geht, und zur Linken bergab, gegenüber der Klostermauer, doch selbst diese wurde nicht vor den Reklamefenstern des Schneiders hautenger Keilhosen bewahrt, obgleich diesem der Ruf priapeischer Übergriffe beim Anmessen der Hosen vorauseilte. Letzteres wollte das Lehrmädchen nicht glauben, bis er ihr eines Tags, in der toten Saison, ein Angebot machte; doch als sie in der Werkstatt beim inneren Stadttor zugab, die notwendige Summe in der Höhe zweier Monatslöhne nicht zu besitzen und auch sonst nicht sehr geschickt war, also in einem gewissen Zustand angetroffen wurde oder diesen vorschützte, den er als *krank* bezeichnete, machte sich die mit dem langen und von mindestens vier Zweigen und deren Vielfachem gespeisten katholischen Stammbaum ihre eigenen Gedanken; darin hatten die Auslagenfenster weltbekannter Skihosen durchaus ihren Platz an einer angeblich denkmalgeschützten Mauer, die ein Kloster umfriedete, das eigens zur Sühne für die in dieser Stadt abstrakt und allgemein und ohne Nennung von Namen begangenen und rein fleischlichen Sünden erbaut worden war.

Nichts ist, wie es scheint, doch wen interessiert das, außer die Betroffenen? Die es trifft, müssen einen Teil der Schuld auf sich nehmen, denn *Oa Scheidl aloa brennt nit*. Dieser Spruchweisheit soll eine antworten, wenn sie sich traut. Da der Spruchhörerin sofort das Wort *Kienspan* in den Sinn kam, dieser Vergleich aber zu einfach, also zu platt schien, wie käme es sonst, daß er nicht von vorneherein ins Treffen geführt worden war, und sich das mit präzise gelegten Holzstücken oder Spänen gelegte Feuer, das in kleiner Gegenwart anzufachen zugleich schwierig wie nichtig, weil Arbeit von Lehrmädchen ist (oder Bäuerinnen oder alten Frauen, doch wer denkt an Bäuerinnen, außer die mit viel Hektar Grund), und weil Barbarina einfach zu viel Bücher las, zu *gescheit* war, wie gesagt wurde, was auch wie eine Krankheit wirken kann, in mancher Familie auch gewirkt hat, wenn man nicht vorsichtig ist, drängte sich zum Wort *Scheit* oder *Scheidl* das Wort *Scheiterhaufen* und nicht als für dieses Tal untypische, weil Schweizer Lieblingsspeise Barbarinas, sondern auch und vor allem als flammenzüngelnder, hölzerner Aufbau für verurteilte, wehrlose Menschen. Und weiter fiel der mit ungesunden Gedanken Befaßten das Wortkürzel *KZ* ein, und Rost und Feuer und schreckliches Glühen und Jammern und *Heulen und Zähneknirschen*, so leid es ihr tat, und es tat ihr leid, denn sie wollte gerne religiös sein, aber das da war die Gutheißung von alters her für Menschenverbrennung in unserer Zeit; für Schwärze und Wasser, siedend heiß und eisig kalt auf Menschenfleisch, blau gefroren, ein Zeuge hat es damals am Tisch unter dem Herrgottswinkel erzählt, und es hat sich ergeben, daß das Kind dabeisaß und zuhörte, und nie würde es zugegeben haben, daß es das nicht mehr aus den Gedankenketten streichen kann, daß es jeden lautlos, mit jagender Herzpumpe bat: Sag, daß du es nicht warst, daß du es nicht zugelassen hättest.

Aber es war nicht so, es war immer ganz anders. Nichts hing mit nichts zusammen, nur kranke Menschen und kranke Gehirne fielen immer von *Eins ins Hunderttausendste*, wie es hieß, und so konnte sie nicht anders, als stets mitten im Geschehen stehen und abwehren, denn derselbe, der diesen zutiefst selbstgerechten Satz mit dem Heulen und Zähneknirschen gesagt hat, sagte auch: *Was Ihr dem Geringsten meiner Brüder tut, das habt Ihr mir getan.* Und war es nicht auch ein Zeichen, daß die Erfinder, Zurichter und Aufseher der KZ und Todesöfen auch Priester und Nonnen, auch Katholiken, auch ihre Familie nicht verschonten? Konnte man denn zugleich für und gegen Unrecht sein? Auch wenn das Unrecht alle Maßen überstieg, wenn es zum Himmel schrie? Mußte nicht etwas, das alles vorher Dagewesene übertraf, aus allem Daseienden ergründet und zurück erdacht und allen immer im Gedächtnis sein, als ein warnender Abgrund, den jedes Kind kennt und sich vorsieht?

Warum waren Menschen, einst von den Gottlosen schuldig gesprochen, nach dem Krieg vor den Gläubigen immer noch schuldig? Warum gab es Schuldige, die nicht wußten, wie ihnen geschah? Warum wollte niemand Vergleiche ziehn, wenn sie auf der Hand lagen? Weshalb waren Leute mit gesundem Augenlicht blind, und solche mit scharfem Gehör taub, wenn es galt, auf Fragen zu antworten? Fragen überhaupt zuzulassen?

Der Vorgarten, nur auf der Wegseite durch einen schwarzgebeizten Lattenzaun und ein leise gehendes Gartentor begrenzt, hinter dem Haus jedoch offen in die angrenzende Wiese verlaufend, sie aber über den Kies, der leise knirscht unter den Sohlen einer Adoleszenten, das unversperrte Haustor blickt aus blinden Höhlen von Mattglas hinter schmiedeeisernen Rauten hinter der Fremden her, alle Eigner von Grund und Garten sitzen um diese Stunde bei Tisch, auch ihre nach der Enteignung besitzlosen, mürrischen

Verwandten sitzen schon bei Tisch, nach dem im Stehen mürrisch gemurmelten Tischgebet, ein vertrauter Singsang, für den jedes Bauernkind nicht einmal mehr verspottet, sondern als für das Dorf bereits verloren, nicht einmal mehr gehänselt, sondern wie Luft behandelt wird, das ungebändigte Mündel, das dieses Wort nur aus langweiligen, weil frommen Büchern oder von dem Ausdruck *mündelsichere Papiere* kennt, geht durch Vorgärten, darin leuchten Johannisbeeren rot und Stachelbeeren grün. Schwalben sausen im Flug, die letzten Insekten zu haschen, auf allen Drähten sammeln sich die zum Aufbruch bereiten oder den Aufbruch bereitenden Flieger, eine Handbreit über dem gezackten Haupte des Schläfers im Gebirge, der das Haupt eines schlafenden Herrschers ist, der zugleich hier, unter freiem Himmel, und zugleich drüben, im Untersberg ruht, über dem Haupte mit der abgelegten Krone furchen im Dreiflug die Stare das Firmament.

»Grüß Gott, schönes Fräulein«, klingt der alte, der höllische Gruß, sie erschrak wie im Buche, unweit der Villa, vor dem Nebenhaus steht der fremde, erwachsene Mann mit dem Schwarzhaar, seine blonde Ehefrau, eine Bucht unter dem Wehr war ihr Badeplatz, er hat auf Barbarina gewartet. »Sind Sie mir böse gewesen?« fragt sie kühn oder zaghaft, nein, nur ein Schlangennest sei das Haus, die Familie, die Amme der Mutter äugt mit den Augen der Hexe voll Argwohn, auf den Verführer der Mädchen. Barbarina möchte die Alte verschonen, der Mann lacht kurz auf, will sie die Freundin seiner jüngsten Schwester werden, diese Natter, ha? Er will sie begleiten, zum Abendspaziergang, Richtung Norden hinab, nach dem Weiler mit den drei Gehöften, nach einer Hutweide benannt, und sie gehen und gehen, und die Pflichtvergessene wandert an der Seite eines Unbekannten, den alle Welt kennt: Jetzt hat ihm die Stunde geschlagen, redet es hinter Geranien voll Gram, denken Wirtinnen zünftiger Betten in linkischen Kammern. Sie hört ihn reden und denkt, der Mann mit der Liebesgeschichte, der Fremde, der abseits steht, nicht mit den Mördern genannt wird, den eine städtische Aura umfängt wie die Frau das Blondhaar, das offen getragene, er dunkel, ein Fremder im Dorf durch Abwesenheit, Kleidung und diese, seit sie sich erinnert, von je beneidete Liebesgeschichte, selbst in Barbarinas Heimstatt wird die Heirat dieses Erben als unpassend empfunden.

Der nun wandert neben ihr in die Nacht einer leeren Landstraße und beklagt seine Liebe, sein Leben? Bei ihr? Die gelehrige Schülerin komplizierter Liebesgefühle und ungelehrige eines geregelten Lebens glaubt sich der Aufgabe der Tröstung gewachsen, noch schweigt sie, er faßt ihre Hand wie ein Vater (kein Wunder), führt sie in den Abend, wie ein naher Verwandter, erzählt von Kindern, halb wünscht sie sein Kind, halb die Mutter dieser Kinder zu sein, wenngleich sie das Wort Mutter im eigenen Gedankenzusammenhang hastig meidet, noch schweigt sie, dann fragt sie, ganz zaghaft, irgendetwas, irgendetwas, von diesem Spaziergang kehrt sie erst tief in der Nacht und mit verstörten Gedanken zurück, warum er und kein anderer? Warum sie? Warum nicht gleich? Wann? Wann? Ein Reden und Reden in Worten des Wohlklangs, in Gedanken des edlen Herzens, das sie erkennt, sobald es sich in Worten zu erkennen gibt, und sie hört die Erzählung eines Mannes, der, gezwungen wie Parzifal durch den Wald der Liebe zu reiten, nie zu finden, was er sucht (was suchte der echte Parzifal?), und die Mutter dieser vielgeliebten Kinder (was ist mit ihr? ist sie hart, kalt, anspruchsvoll? verschwenderisch?), die adoleszente Barbarin glaubt dem so viel Älteren alles aufs Wort, die Kennerin falscher Zeugen und Trägerin eingebrannter Zeichen erkennt sich wieder in den Gefühlen dieses weitgereisten Mannes, nie wäre sie kalt, anspruchsvoll oder verschwenderisch gewesen mit einem, der sich sogar enterben ließ, ihretwegen. Unter hart konnte sie sich nichts vorstellen, nicht einmal bei dem Gedanken an diese wie eine Erscheinung durchs Dorf schwebende Frau. Die aber träumt, so entnimmt sie der Erzählung oder einer Reihe von Erzählungen, die dieser ersten folgen sollten, von ihrer Zeit als Frau eines Fliegers mit Dienstboten und Fahrzeug wiederholte der Mann, und an Dienstboten an der Seite der Blonden konnte sich Barbarina als Kind und entfernte Zeugin erinnern. Ich war neunzehn, sie ein Jahr älter, sagte der Mann, wir lebten »wie Gott in Frankreich« (diese Redewendung empfand Barbarina als unpassend aus dem Mund eines ehemaligen Frankreichbesetzers, aber sie schwieg), mit zwanzig habe ich meinen ersten Sohn gepflegt und gewickelt, denn sie war zu ungeschickt. Es war kalt und schon spät, der Erzähler an ihrer Seite nahm keine Rücksicht auf ihre familiären *Zustände*, doch das konnte von niemandem erwartet und schon gar nicht gefordert werden, niemand, den sie kannte, hatte etwas, das ihn über alle hinaushob und zugleich tief unter sie warf, einen Abgrund, den die andern nicht kannten, ein Gestrüpp, dessen oberste Schicht mit einem Kürzel besetzt war, kürzer zu denken, als der Sturz eines Himmelskörpers zu schauen, verworrener als der verworrenste Knäuel, bestehend aus weiteren Knoten, an deren Enden oder Wülsten, nein Wolken, eine pulsierende Masse explodierende Blasen warf, die heißen konnten: Marburg, Amerikakoffer, Kirchstuhl, Grabstein, Zwangsverkauf, Syndikus, Telegramm aus Berlin, Klosterschwestern, Delikatessengeschäft, Gebetbuch, au revoir, Kokosläufer, Institut, hai capito/ha capito, Gesichtsmassage, Hamburg-Amerika-Linie, Pedicure, hungernde Bevölkerung, Tante Stephanie, damals, Gäste aus Berlin, Braut und Bräutigam, Tante Frank (Tante Frank!), Schlaftabletten, Nazigegner, berüchtigter Nazigegner, alles verloren, der Bürgermeister, die Bäuerin, die Butterbäuerin, Waldhof, Moorbad, Grand-Hotel, Kinderklinik, Prince of Wales, Anstalt, Mama-Clara, Costarica, Costarica, das Gebirge unseres Wissens, ein Wimpernschlag und ein Nu. Als Geheimnis zu hüten, vor dem Erschrecken der andern, damit sie nicht für immer davongingen, wie das Kind aus dem Garten, das nun als zweites Lehrmädchen aufgenommen wurde und aussieht wie in Kind von elf Jahren, sie ist freundlich zu Barbarina wie zu einer Verwandten, aber ebenso stumm, sie berührt ihrer beider Erinnerung nicht, das Kind einer ehemaligen Putzfrau und eines ehemals berühmten und gerade darum vom Vormund verachteten Sportlers, der den eleganten Gästen des Hauses gedient hat als Führer durch den Schnee, der einen weltberühmten Stemmbogen erfunden oder in diese Gebirgsstadt gebracht hat oder ihn verbessert, einmal gab die Mutter des Mädchens, die einst vor der Flucht des Engels gewarnt und damit die Flucht erst verursacht, praktisch verschuldet hat und zur Tatsache hat werden lassen, die Frau mit den künstlichen Locken, die in ihrem Fall nicht städtisch, sondern ihrer Uneleganz wegen und ihres Daseins als Mieterin in einem sehr armen Haus schlicht und einfach unpassend waren, was so viel hieß wie unerlaubt, die Frau mit den unerlaubten Locken gab einmal unversehens eine kurze Erklärung ab, über den aus politischen Gründen im Krieg gefallenen Mann (und Pius?, warum wußte er davon nichts?). Den Stemmbogen hat nach dem Krieg ein anderer ausgenützt und entwickelt, Barbarina wurde nicht alles begreiflich, bis auf das eine, daß sie das Kind nicht aus dem Garten hätte schicken sollen, es auch nicht geschickt hätte, wäre es nach ihrem Gewissen gegangen, doch da war die große Überraschung wegen der freundlichen, beinahe liebevollen Art, mit der ihr die Frau des Vormunds den Auftrag erteilte, eine Untat zu begehen. Wie zum Liebling erkoren, betraut mit der für ein so kleines Kind, als das sich die mit den schwachen Augen fühlte, übergroßen Aufgabe, einst von weit her gekommen, jüngst von *dort*, das sie *Klinik* nannten, zurückgeholt, Hüterin des Gartens im Namen des Großvaters, dessen stete Sorgfalt den Rosen und dem weithin bestaunten Alpinum gehörte, wenn er sich auch stundenlang in das Zimmer mit dem großen Erker einschloß und dort mit halblauten, gebetsähnlichen Lippengeräuschen auf dicke Bücher oder auf grüne Papierstreifen blickte, wobei er nicht gestört werden durfte, am allerwenigsten durch zorniges Rufen oder verzweifeltes Abschiedsgeschrei, zu dessen Füßen das Kind zuweilen verstohlen gelangte und im verborgenen Dunkel des schweren, Schreibtisch genannten Möbelstücks saß und mit Papierstückchen spielend den Vormund kopierte oder zitierte, so war doch einzig der Garten vor diesem Erker die Freude seiner traurigen Tage, denn sie waren traurig, alles war traurig, wenngleich niemand dem Kind den Grund der Traurigkeit nannte. Doch jeder Tag war erneut der Beweis seiner traurigen Rückkunft ohne Wiederkehr Claras oder des Mannes, genannt Costarica. Wenn auch keiner deren Namen nannte, so hing doch alles gewiß mit deren schrecklicher Abwesenheit zusammen, daß alle Welt von zorniger Trauer erfüllt, reizbar und von unberechenbaren Launen befallen war.

Da stand das Kind wieder mit seiner Puppe im Arm, das Kind war sehr klein, es konnte kaum sprechen oder wagte es nicht, in Anwesenheit der strengen Frau mit der flachen weißen Stirn unter grauem Haarwulst zu sprechen, da nahm diese Frau Barbarina zur Seite und vertraute ihr die Aufgabe an, ganz allein, das Kind aus dem Garten zu weisen, sie, die nicht einmal alle Räume des Hauses kannte, noch weniger betreten durfte, wies das Kind der Zugehfrau oder Putzfrau vor das am Ende des abwärts führenden Kieswegs gelegene Tor, denn sie hatte das Kind ohne Erlaubnis in den Garten gelockt und nun sollte sie es vertreiben, wegen Großvater, und kurze Zeit später wurden sie selbst vertrieben, ihretwegen oder Claras wegen, das wurde nur angedeutet, wenn Großvater nicht im Haus war, wenn er wieder halbe Tage im Wald umherstrich, wenn er diese langen Spaziergänge machte, auf denen ihn das Kind zunächst ja und dann nicht mehr begleiten wollte, und sie fragte sich jetzt, angesichts dieses sehr gerühmten, weil brav und kindlich rein aussehenden Lehrmädchens, warum habe ich das Kind damals fortgeschickt?, warum habe ich mich nicht geweigert?, warum wußte ich, daß es keine Gegenwehr gab? Doch es war da die andere Seite ihres Wesens, gefesselt in den blauen burgundischen Grund, doch greifbar wie die mit Schreibmaschine fehlerlos geschriebenen Briefe, auf gewölkt und gekräuseltes, sorgfältig geleimtes, mit Kaolin und Gips gefülltes, entwässertes, kunstvoll gepreßtes, rauschendes Luftpostpapier.

Seit über einem Jahr nun kamen diese Briefe an ihre Arbeitsadresse, geschrieben und beantwortet in französischen Sätzen, meist mit einem Geldbetrag in Noten oder mit Scheck, wunderbar weiche, zärtliche Sätze von nie gekannter, zutiefst wiedererkannter ureigenster Innigkeit. Wollte man die Briefe in die Gebrauchssprache dieser Gegend übersetzen, war es beinahe nicht möglich, die Sätze klangen wie in Büchern, die sie, alle Verbote nicht achtend, las und versank darin. Ihre Antwortbriefe, die sie nach den Formeln des Schulbuchs unterzeichnete, hat der Ferne und Vielgeliebte, der kein Traum, sondern eine richtige, seit kurzem neue (getarnte oder aus Vorsicht geborene) Adresse war, gerührt und befremdet, nachdem er jeden Umschlag sehr genau auf Zeichen einer Zensur geprüft hat und sodann mit dem in Paris erstandenen Briefmesser aufschnitt, gelesen.

Er ging. Er betrat das Haus an der Ecke Aramburu und stieg die steilen, mit weißen Marmorplatten ausgekleideten Stufen hinauf. Ein wenig schwindelte ihn. Der Tag war heiß, und die Luft hing schwer wie ein nasses Tuch um die Schultern. Sein hochgeschlossenes Hemd klebte am Hals und unter dem Jackett auf der Haut. Ab der siebenten Stufe umfing ihn die meergrüne Dunkelheit wie eine Amme, wie die Brüste der Aya, aber davon jetzt nichts. Die Sache mit der neuen Regierung. Er hat die Adresse gewechselt, er ist von der Galiano in die San Nicolás, erster Stock, übersiedelt, nichts Nennenswertes im schmalen Gepäck. Als ihm Mínia die neue

Wohnung nannte, war er sofort, auf Umwegen, über die San Miguel, Ecke Santiago hinauf gelangt, um zu sehen, daß das neue Quartier, in der Nähe des Barrio Cino gelegen, eine wenig einladende, eine sogar billige Bleibe war. Doch in dem Fries über dem Eingang stand das Bild und der Namen der Gnadenreichen zu lesen, Mercedes, der zweite Name seiner jungen Mutter Juana. Don José hat ihren Verlust nie verwunden, drei Tage gab er die weiß Gewandete nicht heraus. Drei Tage Weinen und Klagen der Kinder, drei Tage verzweifeltes Schweigen des Hausherrn. Da hat Don Josés Haar sich verfärbt, da hat er sich angeklagt. Da hat er gesagt, ich war es, ich hab sie getötet. Da hat er die seltsamsten Leute ins Haus gebracht, oder sie kamen auch so, das sprach sich herum. Da hat er gerufen: Steh auf, erhebe dich, hörst du, verlasse mich nicht, du sollst José nicht verlassen. Mercedes, mit Namen Juana, die nicht heißen wollte Juana, der Name trug Unheil, lag da wie ein Mädchen, die Jungfrau, die er gesehen, lang vor Vertreibung der Krone. Don José, des Königs Capitán, Statthalter in Camajuaní, hat gesündigt, als er Juana erblickt, wie eine Palme gewachsen, hoch und gerade, mit schwarzem, breit geflochtenem Haar, kräftige Schultern über langen Armen und Beinen, ay! Mit dieser weißen, schimmernden Haut, den bläulich pochenden Schläfen, sie war dreizehn, als er sie sah und begehrte, ein Jahr verging mit Werben und Warten und Warnen. Die ältere Schwester Juanas, Sixta, hatte dann einen Mann von den Inseln, der trank, ihre Augen erblickten begehrlich das Haus des asturischen Granden,

Vertreter des Königs in dieser Stadt, ein gutmütiger Träumer mit schönem Gesicht. Der aber zog ihr die Jüngere vor, und Sixta ging hin und legte aus die Kokosnußschalen, dort wo die Wege sich kreuzten, und sagte die Worte, die ihr die Tochter der Tochter einer Sklavin verriet. Das erste Kind starb, das zweite, ein Mädchen, kaum zwei Jahre nach der Hochzeit in Uniform und mit den Insignien der Krone, ein schönes Mädchen, das lebte. Dann die drei Knaben, dann wieder ein Mädchen, das war schon nach dem Sieg von Maceo und Gómez und vor dem verhängnisvollen Zusatz des Señor Patt. Nun besaß Don Torre eine Tabakfabrik, der Vorarbeiter Arsenio war tüchtig, der Garten hinter den Palmen eine Pracht und der Patio ein Segen, wenn die weiße Gestalt mit dem geflochtenen Haupthaar, die sich nannte Mercedes, sie weihte. Oh, wie ihr Lächeln uns rührte am Morgen, schön und sanft, wenn sie vor dem Bananenstrauch, vor den gefiederten Palmen, wenn ihr Profil vor dem ziselierten Holzgitter zwischen den Säulen des Patios den Sonnenstrahl weihte, mit ihrer Anwesenheit. Nur der Blick des Dieners nahm den der Schwägerin auf, als diese mit einem Ton in der Stimme das werte Befinden erfrug.

Manchmal, wenn die schwarzen Frauen ihn riefen, wenn Mercedes blaß und ermattet in den mit Bändern und Spitzen verzierten Kissen des Kindbetts lag, fiel er in die Knie, der strenge Hidalgo legte sein Gesicht mit dem hochgezwirbelten Schnurrbart neben ihre weiße Hand. Mein Alles, hat der Liebeskranke blasphemisch gemurmelt, hat ihre Hand in Händen gehalten und mit Küssen, die dem Priester gebühren, bedeckt. Beim vierzehnten Kindbett war es so weit, sie lebte nur noch wenige Stunden, und auch die Zwillinge wurden mit ihr in den Sarg gelegt.

Gemeinsam hat eine seltsame Gruppe befreiter Haussklaven, Einwanderer und entlassener Offiziersdiener den weißen Sarg geschlossen, als Don Torre, voll Schmerz und Verzweiflung die dritte Nacht ohne Nahrung und stumm zu Füßen der Toten lag. Die Frau mit dem schlechten Ruf war verständigt, und Sixta stand in der Tür. Jetzt gab sie die Befehle, und gemeinsam haben sie ihn unter den Schultern und im Rücken gepackt und auf die Beine gestellt. Ganz abseits, im hintersten Zimmer, haben sie ihn auf einen sehr schmalen Eisensessel mit abgesplitterter weißer Farbe gesetzt und ihm von links die verhexte Brühe unter die edle Nase gehalten. Immer, wenn er nach einer Seite ausweichen wollte, hielten sie sein Gesicht fest. Dann ließen sie seinen Leib nach vorne auf die Tischplatte sinken. So haben sie ihm den Willen gebrochen. Im vorderen Patio standen stumm die Kinder. Die Knaben waren hintereinander geboren. Jaime noch klein. Nur Luisa, die Älteste, hob den Blick und traf auf die stechenden Augen von Sixta.

Nach der siebenten marmornen Stufe verschwand sein Kopf im grünen Schatten der Fliesen, nur die weißen Schuhe mit den braunen Kappen an den immer höher hinauf sich bewegenden Füßen schimmerten noch eine Weile hell vor dem geäderten Stein. Vor dem Haus, im Schatten der Zeder und auf den Stufen des Eingangs, saßen die Kinder des Viertels und blickten den sich entfernenden, tadellos gebügelten Hosenbeinen nach, als oben, wo die Stufen wie der Fächer eines Palmblatts die Tragsäule des Stiegenhauses in der ersten Kehre umrunden, sein Aufstieg auch schon zu Ende ist. Er streckt die gepflegte Hand aus, läßt den Türklopfer fallen, die goldene Messingfaust hämmert auf das Maul eines brüllenden Löwen. Auf geht die Tür, das Gesicht der Cousine erstrahlt im türkisgrünen Samt dieses Nachmittags, er hat einen Brief aus Europa in der Tasche seines Jacketts, er befühlt ihn mit seiner Hand, es ist gut, wenn die Post funktioniert. Der General wird die Macht der Syndikalisten kappen, nein brechen!, Zoila lacht, sie bringt süßen, heißen Kaffee in den spanischen Tassen, ruhig Jaimito, ich kenne den General, seit er Laufbursche war im Büro von Doktor Lorenzo. Sie nennt Titel und Familiennamen des Mannes mit dem Stolz der Frau, die vom Mann sich begehrt weiß, dessen Leib ihr beiliegt zur Nacht, dessen gefältelte Wäsche sie schlichtet in Kommoden und Truhen bei Tag. Der ihren Wunsch respektiert, nicht Sohn nicht Tochter aus erster Ehe großzuziehen, der sie dennoch oder gerade deswegen umfängt und begehrt und an sich preßt jeden Tag als sei es sein letzter, der ihrer Kunst, sein Leibgericht für jeden Tag zu erraten und vorzubereiten, verfallen ist und der ihr Tag und Stunde seines Todes genau vorhersagen wird.

Die Fremde indessen, schwebend über der Wasserstraße, die sie von dem Vormund nun trennt, die sich nun nicht mehr ganz ausforschen läßt, die nicht mehr prüfenden Blicken standhalten will, indem sie ein Vakuum bildet unter dem Gaumensegel, damit ihre Wangen entspannt sind, damit sie drohenden Blicken ohne Mienenregung oder Mienenzusammenbruch standhalten kann, davon hingen ab einst Leben und Tod, Erziehungsanstalt oder nicht, das wußten alle Mädchen ohne Vater und sogar Mutter, selbst Barbarina wußte das, es kam darauf an, die Grenze zum siebzehnten Jahr wie eine Insel zu erreichen und dann zu verschwinden, um den Häschern buchstäblich zu entkommen. Es gab nämlich zu jener Zeit Berufe und Berufszweige, also eine Rotte von Menschen, die sich dafür ausbilden ließen, und sich dessen nicht schämten (sie warteten vielmehr darauf), das Elend der Enterbten noch zu vergrößern und sich dafür öffentlich, das heißt vor aller Augen und mit Billigung aller, bezahlen zu lassen und dafür noch Respekt einzufordern, wie einst die Soldatenfänger, die arme Tölpel betrunken machten und dann in Ketten führten, aufs Schiff. Ihnen galt es zu entkommen, ebenfalls per Schiff, das ein anderes Schiff ist als das der Sträflinge, selbst wenn sich beide Arten zu ein und derselben Reiseroute befinden an Deck, wie wir uns mit allen im Raumschiff durchs Weltall bewegen. Obgleich wir nie mehr in deren Nähe zu sein beschließen, ihre verhärtete Bosheit nie mehr bemerken wollen, ihre verschlagenen Blicke, ihre häßlichen Gesichter, ihre abstoßenden Gesten nie mehr erblicken wollen, uns nie mehr ekeln wollen, allein.

Auf jenem Spaziergang zwei Jahre vorher, unter einem besternten Augusthimmel, der schon ein früher Septemberhimmel war, und durch geographische Lage, Kälte, Luftfeuchtigkeit ein mittlerer Oktoberhimmel zu sein schien, hat ein wandelnder Funken, der vor ihren Augen eine sofort verschwindende Linie in die Nacht schnitt, einen Erwachsenen, der sich seines Wissens rühmte, das er sich in Kriegsjahren, wenn auch nicht kämpfend (mordend?) angeeignet haben will, zu Ausrufen des Entzückens und Weissagungen der Bedeutsamkeit bewogen, wie niemanden sonst, den sie kennt – außer Clara und deren Papa –, doch ähnlich gefühlvolle Zustände ihres Vormunds umkreisten stets Themen und Gegenstände der Religion oder Erinnerungen an seine Jugend, und waren entweder traurig (worauf sie in Tränen des Mitleids ausbrach), also gefürchtet, oder mit diesen weltfremden und ein unangenehmes Gefühl im Magen auslösenden Ermahnungen verbunden. Also wußte sie in diesem Moment, unter der Schicht erster Überraschtheit und knapp unter der durch diese hervorgerufenen Zustände, die durch einen Widerstreit vieler Gefühle und Gefühlsnuancen entstehen, die von ungläubigem Staunen, Zweifel, Furcht vor Enttäuschung, Kampf gegen Zweifel (somit gegen eigene Erfahrung) zugleich Kampf um Hoffnung, somit für ein Überleben, erfüllt sind, daß die Schwierigkeiten nie enden würden, solange sie hier bliebe, daß eine Anstrengung vor ihr lag, wie der gläserne Berg nach dem siebenten Schloß hinter dem siebenten Labyrinth. All das noch Jahre von hier entfernt, unwirklich wie ein Hirngespinst und eine Verwünschung.

So hat sie sich in der Frühherbstkälte dieser Nacht, die sich schon seit gut sechzig Minuten den Weg durch einen zwar nicht verwöhnten, aber auch nicht abgehärteten Körper gebahnt, da dieser von den knapp fünfzehn Lebensjahren zwölf bei immerwährender innerer und äußerer Kälte, in sitzender Haltung (bewegungslos!), bis hin zu rasenden Rückenschmerzen (die nicht geduldet werden), verbringt, hat sich in gewisser Weise freiwillig, während des Gehens und Immer-wieder-Stehenbleibens, so kalte Füße geholt, daß dies der Beginn sichtbarer Spuren war, die nur noch mittels alter Hausmittel zu heilen sein würden, wie Hertas Mutter und Schwester später feststellen werden. So kroch die Kälte von den Füßen in braunen, handgenähten Halbschuhen und abgelegten Seidenstrümpfen alter Frauen über Unterschenkel, Knie, unter den Tweedrock hinauf und hat sie sich in dieser Nacht nicht nur die Zehen gefroren, sondern auch die Fesseln und Unterschenkel, worauf sie im November Knoten und Druckstellen feststellte, an die sich männliche Nachbarn Hertas und deren Familie nur noch vom Krieg her erinnern konnten oder wollten, hier hat man so etwas noch nie gesehen. Sie schüttelten ratlos den Kopf und blickten rasch fort, erwähnten die Namen hinterster Täler und Gehöfte und sogar einmal das Wort Soldaten, denen man die Zehen mit Schnee abgerieben hat, nach dem Verschüttetwerden. Deshalb versuchte sie es mit einer Schüssel Schnee in der Küche, doch außer spöttischen Bemerkungen ergab das nur einen nassen Fleck auf dem Teppich wegen ihrer Unachtsamkeit, und das Brennen in den Zehen hätte einer energischeren Abreibung als durch eigene zögernde Hände bedurft. Später versuchte sie die geheime Roßkur mit der Schweinsblase, ließ sich von einem Metzger, zur besseren Geheimhaltung im Oberdorf, eine solche weglegen, was so viel hieß wie reservieren, um, wie ihr geraten, die von der Kälte inzwischen aufgeplatzten Lehrmädchenhände und ihre vom Aufplatzen bedrohten Bäuerinnen-, nein Stalldirnenbeine, das heißt den Teil oberhalb der Knöchel, wo die Ränder der handgenähten Winterschuhe drücken und der Schnee an den Wollsocken hängen bleibt und langsam kalt und naß wird, mit dem Inhalt der Schweinsblase zu bestreichen, als seien das nicht ihre Hände und Unterschenkel, mit dem Gefühl des Außer-sich-Seins, wie jener Arzt auf dem Bild des sogenannten Familienarztes, der der einzige im Dorf war, auf dem einer mit geöffnetem Unterleib den umstehenden Schülern den nächsten Handgriff erklärt. Dabei zog sich ihr Ich in den Nacken zurück, schwebte über ihrem Haupte und bewachte ihr Tun, wie sie, über die Emailschüssel oder Porzellanmuschel gebeugt, über den eigenen gebeugten Kopf blickend, den gebeugten Oberkörper, die vorgestreckten Oberarme,

Unterarme, Hände, Daumen, Zeigefinger, Mittelfinger (Ringfinger, kleinen Finger) wachend, und dieses Tun (ganz ruhig, es muß sein!) an Unterschenkeln, Zehen, Fersen (geschwollen, bläulich, bei Druck weiße Höfe produzierend, beinahe gefühllos) sorgsam und bedächtig vollzog, die Stellen mit dieser klebrigen Flüssigkeit einrieb, obgleich das seit Menschengedenken niemand mehr tut, aber es hat auch keiner mehr solche Frostbeulen gehabt, wir ganz bestimmt nicht. Die Bürgersfrau und angesehene Witwe, die mit dem ständigen Verdruß mit dem erstgeborenen Sohn, findet nun für die berühmte Frostbeulenträgerin ein paar tröstende Worte. Friedrich, dem die Unelegante einmal auf der Fahrt zur Arbeit die aufgeplatzten Finger zeigt, fragt ungehalten was hast du denn gemacht, und wendet sich wieder seinem eleganten Gesprächspartner zu oder seiner Lektüre und dann seinem Gang zum Finanzamt, das er allerdings nur ausnahmsweise und als Übergang betritt, da er zu Wesentlicherem bereit ist, aber er sagt nicht wozu.

Nun kämen Gedanken über die Haut und ihre verschiedenartige Beschaffenheit gelegen. Oder: Die Liebe. Die Diener. Die Schönheit. Afrika. Afrika. Afrika, Swakopmund, du Stadt im Sande. Sie umgaben sich mit den schönsten Wesen unter dem blauen Bogen des Himmels, über die ferne Krümmung der Erde gebietend und über die Flanken der Sklaven. Der Wind bauscht die Kleider der Herren, der Sklaven. Wer ist nackt, wie der Hirsch der Artemis? Der Sklave? Der Herr?

2. KAPITEL

Swakopmund

Es war kalt, die Gesichter der Farbigen blickten streng, fast feindlich, wie sie dahineilten, mit raschem Schritt, nicht achtend der Blicke der Fremden, die ihre Blicke suchte, verzagt. Sie hatte sich weit in die östlichen Straßen der Stadt vorgewagt, mißachtend alle Warnung vor Pöbel und Plebs, sie wollte es wissen, wie immer wollte sie selbst alles ergründen und erleben, und hier war sie in dem absolut verschrienen Stadtteil East-End der Weltstadt London, dunkelblau war die Straße, verlassen, einzelne Blätter zerknülltes Papier hob der Wind auf und trieb es dahin, ihr entgegen, der große, finster blickende Schwarze auf der anderen Straßenseite, mit eiligen Schritten alsbald auf gleicher Höhe mit ihr, dann an ihr vorüber und sich in ihrem Rücken entfernend, schüchtert sie ein, er weiß nicht, daß sie seine Zuneigung suchen, sogar seine Freundschaft erobern will oder wollte, er eilt wie sie von weit her, und sie eilt wie er weit hin, in den Weichteil der östlichen Stadt, seine Kleidung und die Haut waren blau unter der roten Baskenmütze in dieser Schlucht, wo ein Sandsturm tobt mit Papierüberresten, Moses ist lange fort, sein Volk hat diesen Fleck Wüste mit unverrottbarem Abfall gezeichnet, nach dem Mannaverzehr, sie wollte ihn lächelnd begrüßen mit diesem Blick, von der einen Straßenseite zur andern, doch er hat vergessen, daß sie von derselben Art sind, auch achtet er nicht auf die mit wunden Sohlen wandelnde Hausgehilfin aus dem Küstengebiet, sie kann nicht ahnen, daß dieser kräftige Docker oder Lastenträger vielleicht drei Generationen einer großen

Familie ernährt, mit bloßen Händen, wie man so sagt, sie weiß nichts von ihm und wird es nie wissen, er kam und ging vorbei, und ist für alle Zeiten der schwarze Mann mit der roten Baskenmütze im blauen Drillich geblieben, der wie sie durch diesen verlassenen Canyon eilt, in seinem Rücken wirbelt Staub, und Fetzen Papier fliegen auf, die Schlucht war steinig und schräg abfallend zu ihr, die sie auf einer schmutzigen Straße ängstlich dahinschritt oder hinkte, Felsen ragten steil auf und waren in blaukaltes Licht gerückt, hinter gezacktem Stein war die Luft jedoch plan, eine gelungene Wasserwand oder Wasserfarbenfront, der Pinsel wurde breit angesetzt und mußte mit einem Strich für immer den Lichteinfall bannen, nur das pulsierende Auge in der Mitte der Stirn ließ ihn erstehen und zerfallen, immer von neuem bemüht, den Mann in der Schlucht vorbeikommen zu sehen, vor der häusernen Felswand, die aus dem Geröll ragt, über das der Schwarze lautlos mit grobledernen Arbeitsschuhen geht, den kalkigen Stein unter seinen Sohlen zermalmend, die kurzen Ärmel seiner verwaschenen Kleidung ließen zwei bläulich schimmernde Arme frei.

Dieppe, Hafenstadt und Seebad an der Kanalküste, hier entluden sie die Schiffe von der grün schimmernden Last, Bananen aus Costa Rica, Ananas aus Haïti, aus Santo Domingo, hier wurden Schiffe und Öltanker gebaut, hier war die Heimat des Helden von Stromboli, dem der König den Marschallstab bot, soferne er abschwor, doch das tat der Calvinist nicht,

Abraham Duquesne lehnte ab. Nach der Aufhebung des Edikts mußte einzig er nicht in die Verbannung, doch seine Söhne und Töchter waren vogelfrei, das brach ihm das Herz, il mourut de chagrin. Hier suchten vergebens die Briten zu landen, das war im August, Dieppe sur la Manche, alter Fischerhafen und Seebad, Ausfahrt nach Dover, Sehnsuchtspforte und Ziel.

Die blauen Mauern des Herzens und die blauen Wände von London, East-End. Hier aber war es eine bescheidene Straße eines Vororts im Norden. Zum dritten Mal in das Zentrum des Weltreichs gekommen. Als es zerfiel. Nie haben Zeitgenossen den Glanz der Epoche, immer nur deren Zerfall vor dem Einbruch des Elends gesehen und daran gelitten: Wenn sie Frauen waren, wenn sie zart waren, wenn sie Mitgefühl hatten, mit den Herrschern längst versunkener Tage, wenn sie das Jetzt maßen am Nu, wenn sie lebten, und wußten nicht wie. Elisabeth, Rudolph, das Thronfolgerpaar, die Juden. Der Mord an den Juden, geschehen zu unserer Zeit. Hing er nicht mit dem Mord an der Kaiserin zusammen? Tausende Juden, Millionen Jüdinnen, schön wie Kaiserinnen, ermordet? Und Columbus? Wer spricht von Columbus und was nach seiner Landung geschah? Wer spricht von den Kaisern und Kaiserinnen der Inseln, eine war der Infantin geweiht, für kurze Monate hieß die Insel Juana, doch das weiß die Wanderin nicht, sie denkt: Wenn die eigenen Verwandten, wenn Pius, wenn selbst die, die sie gerne geliebt hätte (mit einem Schmerz in der Seele, mit dem sie ihm aber seinen Schmerz nicht abnehmen kann), er aber schwieg, nur manchmal, bei Ritualen und Segenswünschen riß ein hysterisches Schluchzen sich aus steinerner Brust, stieg im hohen Ton aus der Kehle, was die Frauen peinlich berührte, und das Kind begriff und sie umarmte ihren nächsten Verwandten, der noch übrig geblieben war und doch durch die Kluft der verschwundenen, versunkenen, der verdammten Generation getrennt war von ihr, oh Afrika! Wa Tussi, Ba Zulu, Ba N'tu, oh! oh! M'Toto, Wa Toto, M'Hm! Und der Krieger lief durch das Gras der Savanne, und die Luft flimmerte wie ein Flammenmeer und der Krieger lief und lief von dem kleinen Dorf an der Küste bis Attika, und vor den Toren der Stadt im Sande sank er leblos zu Boden und sein Speer und sein Schild aus Büffel- und Elefanten-Haut und sein Lendentuch, sein Schurz, das Fell um den schlanken sehnigen Leib, und das Kleid des Herrschers flattert, das des Sklaven im Wind. Frauen nirgends.

Doch es wird eine Frau sein, Königin, schlanker Leiber Königin, Krieger, die den Speer, den Schild wie zum Spiel zu Füßen ihr legen, nicht die vorgedachten Sätze aus Giftmehl und Gedankenessig, nichts vom Gift der Verschlinger von Menschenfleisch, nichts wißt Ihr, nichts wißt Ihr von ihr, erzählt alles falsch. Es wird Frauen geben, wie Königinnen, sie kommen die Treppe, die große steinerne Freitreppe kommt sie alleine herab, unten wird das Bad sein, aber jetzt siehst du sie aus der Staubperspektive von unten hinauf, sie kommt auf dich zu, ganz langsam setzt sie einen Fuß vor den anderen, in Sandalen, das Kleid fließt um ihren Leib, herab kommt sie, und das Kleid kommt herab und es warten die –

sie gibt die Sklaven frei, doch dann bleibt sie allein, unten angekommen allein, und das Ganze war nur ein Traum, ein Tagtraum, und die Mauer ist verfallen, die Treppen sind ausgeschlagen, grün verwachsen, sie steht unten, die Krümmung des Horizonts ist von hier aus nicht mehr zu sehen, nur ein kleines vertrocknetes Flußbett, ein Rinnsal in Nischen und verwachsenen Grotten (sie ist also hier gewesen, in einer anderen Zeit, in anderer Gestalt, sie taucht auf, ganz zuletzt, wenn der Zug der Krieger vorbei ist), das Gras der Savanne steht auf, wenn die Herrscher sich zurückziehen, fort sind die Sklaven, das Blatt bewegt sich im Wind, es ist niemand da oder doch, ja, sie ist es, sie ist's, nur sie, sonst keiner, niemand ist da.

Das Gefühl, das sie in ihm oder einem anderen auszulösen hoffte, damit es in der Bewunderung, Zärtlichkeit oder in dem Verlangen, das dieses in ihm (oder einem anderen) hervorrief, zu ihr zurückgelangte, wie eine unverdiente Gabe, ein Erbe, ein Tribut –

die sich in allen Kunstwerken höherer oder auch niederer Ordnung, bis zum Trivialen, niemals mit den Angebeteten gleichsetzte, stets mit den Anbetern, ihre Gefühle immer mit denen der Anbetung nährte, sehnte sich danach, der Gegenstand äußerster Anbetung zu sein, durch die sie erneut zur Anbetung geführt und verleitet werde, auf eine andere, weniger ausgesetzte, nicht auf Verzicht und Leiden begründete Art: um das Gefühl einer erfüllten, heiteren Gelassenheit zu erlangen, die vor ungestilltem Verlangen brennt und sich, ohne der Sattheit zu gleichen, stets erneut nach Sättigung bis an die Schmerzgrenze sehnt –

Die Ausfahrt begann und sogleich das Gefühl der Enttäuschung – was man herbeisehnt durch Wochen, Monate und Jahre soll nicht kommen, denn es kommt zu spät. Wie dann den Stillstand von allem verhindern?

An Deck einer Fähre stehen und den Augenblick nicht erleben, nicht anwesend sein, weil die Erwartung durch keine Anwesenheit, die Vorstellung durch keine Verwirklichung, die Leere durch keinen Gegenstand – keine Erscheinung – ausgefüllt wird. Das Vordringen des Buges im Wasser, das Pflügen der Wellen, das Haar im Wind. Die Weite des Himmels, die Weite der Klippen, da sind sie, ja ja.

Dover, was ist das und wo. Die engste Stelle des Kanals, der Pas de Calais, wir aber kommen von Dieppe, das ist die alte Überfuhr. Wir machen uns auf den Weg, wir reiten auf den Wellen, es naht die Armada, zu rächen die Königin –

der König der Mönche tief

im Gebirge seiner steinernen Pracht schreibt steile Briefe und mahnt gebet acht meine Granden es könnten die Schiffe im Abfluß versanden, er schreibt und denkt die Zeit steht still wenn der Gesalbte im Prado es will –

Der Traum: Eine Gartenmauer führte dorthin, links Wasser, rechts ein Gebüsch. Ein Schuhgeschäft, dort wartet der Sohn. Etwas ist geschehen, etwas zu verhindern, die Mauer nicht hoch. Eine Freundin ging mit. Sie wollte hinab, stieg ins Geäst, sah dunkle Erde, finsteres Buschwerk, trat ins Gezweig; setzte den Fuß zwischen dürre Äste, hellgrünes Laub an den dunklen Spitzen, da wuchs das Buschwerk hinauf, war über ihr, und ein roter, pulsierender Ball lag wie drohend inmitten. Sie floh an der Hand der Gefährtin hinauf und befand sich schon in dem Laden (dachte an den Traum mit dem goldenen Gesims, auf dem sie stand, als das fremde Kind sie gerettet) –

... fomentaría/fomento, beleben, fördern, begünstigen; viraje, Wende, Kurve, Schleife; compuertas, Falltür, Schleuse, Wehr; consignas, Losung, Anweisung; prescinden, trennen, absondern; destete, Entwöhnung, abstillen, absetzen; combustible, Brennstoff; repuestas, Ersatzteile, Vorrat an Nahrungsmitteln; consiguen, conseguir, erlangen, erreichen, erhalten; Cuenca del Caribe, Karibisches Becken; abastecimiento, abastecidas, Versorgung, Belieferung; aranceles, Tariftabellen, Listen, Verzeichnis, Richtschnur; prevalecen, sich behaupten, vorherrschen, den Ausschlag geben, wachsen, gedeihen; desabastecimiento ...

Der König der Mönche tief in der Nacht schreibt steinerne Sätze und mahnt gebet acht wahret die Lehre ihr katholischen Granden möget mit siegreichen Segeln ihr landen er schreibt und denkt und die Zeit steht still wenn der Gesalbte im Kloster es will doch vor der Küste tobt ein Sturm da brechen die Wellen da wankt der Turm da reißen die Segel da birst das Schiff da treiben die Teile von Riff zu Riff – Zeichnen, Malen, Selbstportraits. Kohle, Kreide, Rötel, Bleistift, Öl. Betrachtung der Kleinen Kunstgeschichte. Der Wunsch, die darin abgebildeten Kunstwerke im Original zu sehen. Die Einsamkeit der Sehnsucht nach dem Schönen, umgeben von Menschen, die diese Sehnsucht nicht kennen, nicht teilen. Im Gegenteil, Ablehnung oder Gleichgültigkeit, Geringschätzung derer, die diese Werke als Gebetvorlage herabwürdigen. Berichte der Verwandten (oder anderer) von den Münchner Kunstsalons, merkwürdig ferne Gebräuche. Die hilflose Sehnsucht der Nachahmung, Vergeblichkeit, vollkommen gelähmt. Körperlich im Erschlaffen der Arme, die Kälte des ungeheizten Raumes neben der Küche, sie aber schloß die Tür und durfte sich ungestraft, sogar bewundert, entziehen, denn diese Kälte, sibirisch, verlangte Respekt. Die vom Bleistift schwarz gewordene Handkante, wenn sie über das Blatt fuhr, der kurze Blick in den Spiegel und zurück auf das Blatt, die leicht geöffneten Knie unter der blauen Arbeitsschürze mit den weißen Blümchen, die sie bis zu den Knöcheln einhüllte und die Arme freiließ, gebräunte Arme im Sommer, mit kohlschwarzen, fast glatten, glänzend trockenen Achselhaaren, du transpirierst nicht einmal, sagt Friedrich, als sie im Grase liegen, am Rande des dunklen Waldes mit dem verzauberten Namen, komm doch, ich tu dir ja nichts, ich tu dir nichts. Flüsternd entblößt er sich und sie ahnt, daß das, was geschieht, nichts zu tun hat mit den wieder und wieder hergesagten Gedichten, was geschieht ist linkisch und schrill, spitz und stechend, ist fremd und fern, sehr weit unten, ganz im Unteren, fern ihrem Herzen. Es berührt sie nicht, es berührt nicht ihr Herz, sie läßt es geschehen, und denkt, daß er seltsam roh mit ihr ist, roher als die von ihm verachteten anderen, die nicht diese Bücher lesen, die roh auflachen, wenn sie Bücher sehen, und die doch ergriffener sind, die eine Weichheit überkommt, ein inneres Beben, als hätte ein Hauch sie berührt. Immer, wenn Barbarina nackt lag, hatte sie das Gefühl, einen Schauer zu geben, etwas, das der nicht vergißt, der von ihr geht. Nur Friedrich nicht, der diese feinen, verfeinerten Dinge las und besaß, er stand auf vom Grase und brachte seine Kleider in Ordnung, war taktlos und verbarg nicht das Böse in seinem Gesicht.

Der Geruch der Tinktur, das Spitzen des Pinsels aus Marderhaar auf den Lippen, auf dem Tuch, wenn sie Aquarelle malte, der Stofflappen für Öl, die Glasscheibe, dick und schwer zur Mischung der Farben, das Reinigen des Pinsels auf der vielsagenden Seife aus

Claras geheimnisvoller Verwandtschaft. Die teuren Tuben, zaghaft im Schaufenster betrachtet, dann kennerhaft beim Namen genannt und erstanden, Materialien, geschenkt und gekauft, die von Herta grundierte Leinwand, gespannt auf dem Rahmen, der erste Versuch, die Grundrisse schwarz, mit Kreide oder Pinsel aufzutragen, die Angst vor der weißen Fläche, die Angst, es zu verderben, die Angst vor Zerstörung der Weiße, die Furcht vor der Mischung, die Notwendigkeit des Hintergrunds, das allmähliche Schwinden der Lösung, die Veränderung der Farbe, wenn zu viel Firnis oder Leinöl dabei ist. Einmal ein Gesicht mit nur ein paar Pinselstrichen auf die weiß grundierte Leinwand, ein andermal nur auf die rohe Leinwand gebracht, es war leichter mit Öl als mit Wasser zu malen, zuweilen jedoch gab es unangenehme, ölig glänzende Flecken, wenn die Tinktur nicht richtig vermischt oder die Farben zu sehr verdünnt, wenn die Tinktur durch die Farben zu einer trüben Brühe geworden. Die fliederfarbenen Flecken des Pinsels auf der Seife mit dem Namen von Claras fernem Cousin.

Die späte Begegnung mit der Bildhauerin, die mit dem breiten Schlapphut und den Glockenhosen, manchmal in Begleitung, durchs Dorf schritt, wie diese exzentrische Gesellschaft die ganze Straßenbreite einnahm, mit den unter dem Kinn verknoteten Hüten, mit den in Glocken- oder Trompetenform nach unten breiter werdenden Samthosen. Schwarzer Schlapphut und Samthosen und eine die ganze Breite der Straße usurpierende Gastgesellschaft, sie wandelten hochmütig und hochgemut herein in das Dorf, hielten sich an den Händen, oder schien es nur so, feierlich hochmütig, die ganze Breite, fast frech und beinahe an militärische Kolonnen erinnernd, und wenn sie auch ganz anders aussahen als jene SA- und HJ-Formationen, bei deren Anblick das Herz mit einem Satz aufzuckte und anhielt, wenn diese also himmelweit von jenen entfernt schritten, so war die Abwehr und abgeneigte Bemerkung der Stiefmutter dennoch gleich einem angedeuteten, wie Barbarina glaubte, verleumderischen Erinnern. Wenn diese aber nicht von allem Verdacht frei und über jeden erhaben waren, wer dann. Der Haß des Dorfes auf diese Erscheinung, wie eine Marquise, eine Herzogin. Ihre Weissagungen, als Barbarina sie ein paar Monate vor der Abreise noch besucht, seit sie Kind war, ist das ihr Wunsch. Die Frau ist betrunken, heilig trunken, fühlt Barbarina, die sonst vor Trinkern sich hütet, sie meidet und flieht. Die mit Pflanzenmotiven bemalten, aufragenden Möbel, im niederen Einhof verteilt. Sieben Brüder hatten einen Steinbruch, die Schwester ging leer aus. Die grünen Einschlüsse im roten Marmor, Schlingpflanzen, Farn, Moos und Schnecken, selten, ganz selten ist das zu sehen. Roter Marmor in einem schwarzen Raum. Das ist meine Hexenküche, sagt die Frau, und die seltsam schön gezeichneten Marmorplatten umrahmen eine Feuerstelle wie einen Altar. Im nächsten die Täfelung, Schlingpflanzen, Blattwerk, Blumengirlanden auch hier, in Farben und in Gold. Die Übungen, die immer wieder geübten

Blattmalereien. Die Mappe mit den Skizzen für das Kirchengestühl in Wien. Das war ein herrlicher Auftrag, ja ja. Der Kardinal hat ihn erteilt, und als die Kirche fertig war, sagt er, die Beichtstühle sind zu eng und die Armstützen zu hoch. Herr Kardinal, sage ich, einmal wenigstens sollten die Menschen Haltung bewahren, sagt die wie in Verzückung redende Frau, die an Clara erinnert, etwas in den grauen Augen und der wilden Mähne erinnert sie an Clarisse.

Wenn ich mit Engelszungen redete, diese Stelle im Neuen Testament, die Überraschung beim Hören dieses Textes, ein großes Gedicht. Der erwachsene Mann und Vater dreier Kinder, die Sternschnuppen und das Gespräch über Liebe, wie mit keinem Menschen zuvor. Wenn das die Leute wüßten, er sagt es und lacht, ihr ist nicht nach Lachen zu Mute und lacht sie doch mit. Ist bereit, ihn zu sehen in dem ehemaligen Stallbau mit dem weiß gemauerten Fundament und dem schwarz gebeizten, hölzernen Dachstuhl. Sieht sich vor, wie geheißen, damit keiner sie sieht, es ist dunkel und die kleine Straßenlaterne oder der Mond wirft seinen Schein auf die weiße Grundmauer und den verschneiten Weg. Vom Haupthaus sieht keiner herüber und auch von der Straße aus – oder doch – beim Hufschmied, wo sie als Kind stand und dachte, ob sie es wagen würde, den schlanken Fuß des Pferdes zu halten und einmal wurde ihr der Huf zu halten gegeben, ganz ruhig verstehst du, und der Schmied hielt das Eisen ins Feuer und die Funken stoben auf in der Esse, und er bog das rotglühende Eisen und legte es an den Huf, daß es zischte, und bog es und probierte die Paßform, und die Hornhufe des Pferdes waren abgeschabt oder geschnitten worden, wie Nägelschneiden, wurde gesagt. Alle Tiere, besonders die gutmütigen blonden, beschützt wissen wollen, eine Pferdebeschützerin war sie, wachte über die gütigen Augen, fächelte Fliegen fort, und manchmal ergriff sie den wie eine bunte, schlaffe Peitsche im Kummet steckenden Wedel, ein zierlicher Schweif auf einem Holzstab, rot und blau, mit den Bauernfarben gefärbt. Einmal oder keinmal, komm den Pferden nicht zu nahe, aber den Menschen. Geduldig stand das Pferd, ein Bursche half dem lachenden Hufschmied, der Pferdebesitzer oder einige Knechte blickten schweigend in die Esse oder riefen einander zu, keinen Unflat, die offene Werkstatt, die weißgetünchte des Hufschmieds war ein heiliger Ort, tief im Innern der Höhlung brannte das Feuer, das Werk des Hufschmieds war gefragt und geachtet, es gab keine Frauengeschichten des Hufschmieds, das Kind kannte nicht den Hufschmied aus dem Rund der anderen Männer heraus, ein Feuer gloste und glomm, stob auf aus der Esse, ein altes Feuer, darob keiner ein Wort verlor, das auch keiner mit Worten gering maß oder herabzusetzen gedachte, der Hufschmied war da und auch nicht, ein geachteter, nein, ein schon nicht mehr vorhandener Mann.

Das Tor des Hufschmieds oder die Balken waren geschlossen – es war ein überdachtes, an zwei Seiten offenes Haus, ein Dach war es nur, ein überdachtes

Viereck oder Geviert, mit Barren, Zaunbarren, daran die Pferde gekoppelt standen, die wartenden, und ein Platz für Wagen und Karren, deren Deichseln ruhten, lang und schräg auf den Steinplatten (waren es Steinpatten?), wie Hälse seltsamer Tiere, schräg lagen die Hälse, gib acht, die Deichsel, denn sie lag oft im Grase, wenn man den Weg durch den Wald zum Haupthaus eines Gehöfts von hinten zu kurz an den Wagen vorbei nahm und zu stolpern drohte, die Deichsel, gib acht –

diese war aufgestellt (war sie das?), hoch aufragend im Mondschein, und die Burschen und Helfer zogen den Wagen an der Deichsel auf die andere Seite des plattgewalzten Steinwegs zum herrenlosen Grundstück vor dem Stall der Familie des Mannes, eines ältesten und enterbten Sohnes, den sie wie im Fieber, wie von einer schweren Krankheit befallen, traf, zu treffen unterwegs ist, im Mondschein, im Kalten, es klirrt und es dampft der Mundhauch, abgestellte Wagen samt Deichseln und langen Holzleitern, an der Längsmauer angebracht, an schwere Mauerhaken gehängt, immer konnte man an einer Längsmauer lange, schlanke Leitern waagrecht hängen sehn, die sich, aufgestellt und an die Dachkante gelehnt, durchbogen, vibrierten, wenn die kräftigen Hände, wenn die harten Tritte von Sprosse zu Sprosse hoch und hinauf, wenn Männer, die keine Angst kannten, die Sprossen erklommen.

Der Schnee knirscht unter den Füßen, der Fuß stößt an die waagrecht hängende Leiter, es ist still, irgendwo, weit draußen, bellt ein Hund, ein Ruf ertönt in der Ferne, ein Zug pfeift, es knackt in der Dunkelheit, das Haar sträubt sich im Nacken, sssst zischt ein Strohhalm, zuckt ein Zündholz auf an der Reibfläche, nein, es ist nichts, dann zieht eine kräftige Hand sie in das dunkle Gestänge scharf geschliffener Messer, glitzernder Eisenbänder und großer Radfelgen hinein. Ein Atemzug der Fremdheit folgt dem des Wiedererkennens, weshalb hat er sie hergelockt, wenn er dann fremd tut? Starke, gut durchwärmte, durchblutete Hände mit glatter, trockener Haut berühren ihren Hals, heben ihr Kinn, streifen ihre Wangen unter dem Strickwerk, breite, lodenbedeckte Schultern bieten Rast ihrem Haupt, ihrem Herzschlag. Atemholen, komm, ein neues Streichholz flammt auf, folge mir durch die Garage, ganz hinten führt die Treppe in den oberen Raum. Sie gehen ohne Licht, damit der jüngste Bruder, dem dies Gebäude gehört, nicht kommt, nach Dieben zu suchen. Die Treppe hat kein Geländer, doch die Hand ist geschmeidig und stark, es gibt keinen Sturz, kein Entkommen. Der blanke, vor kurzem eingezogene Boden duftet nach Harz, der große Raum ist leer, bis auf Tisch und Bank in der Ecke und auf dem Boden einen dunklen, zottigen Fleck. Eine schwere Pferdedecke liegt da, aus Ziegenhaaren und Schafwolle gewirkt, komm auf das Brautbett, sagt er ohne Spott, und sie sinken hinein in die Nacht, in die Tränen des Wiedersehens, in die Lügen und Schwüre des Verrats, in das Bekenntnis der Unschuld, in das Selbstmitleid des Verführers, in die heiße Beschwörung des Meineids.

Staunend hört die verlassene Tochter, wie ein Vater schwört, lauscht in die Dunkelheit, lauscht auf ihren Atem, das große Fenster im Dach gibt den Blick auf die eiskalte Sternennacht frei. Die Körper sind warm geworden in den Kleidern, wie sie liegen unter dem Lodenmantel des Mannes. Ein Tor rollt irgendwo in den Schienen, die zweite Garage auf der anderen Seite des Hauses, ein Mieter richtet dort seine Werkstatt ein.

Willst du, ich will. Willst du ganz, ich will ganz, und im Sternenschein in blauer Nacht entkleidet sich eine wie zum Bad im Gebirgssee, stürzt ihren Leib in seidene Umarmung, trifft seinen Leib wie Wasser, wie Wellen, und seine Arme schließen sich über ihr. Die Woge trägt sie davon und davon, bis Schwur und Meineid besiegelt, im brennenden Eis, im klirrenden Brand reiten die Reiter ins Wolkenland.

Willst du, ich will, willst du ganz, ich will ganz, und im Sternenschein, in blauer Nacht entkleidet sich eine und er ist ganz sacht …

Willst du, ich will. Willst du ganz, ich will ganz. Im Sternenschein, in blauer Nacht, wie zum Bad im Gebirgssee, entkleidet sie sich, entkleidet er sich, und Haut trifft Haut, wie seidiges Wasser, wie Gras, wie der Wind. Und er deckt sie zu und bettet sie sanft, wie ein Vater, ein Bruder es weiß, und er hält sie fest und sicher im Arm, in dem Ritt durch die Nacht, auf der Habergeiß.

Und gehüllt in die Nacht,
in den Mantel der Nacht, in die wogenden Wogen,
die Wogen, hat das Tier in der Nacht, das zwei-
rückige Tier in der Nacht, im Dunkeln gelacht.
Und er deckt sie zu, und er bettet sie sanft,
wie ein Vater, ein Bruder, so sacht
und er hält sie fest und sicher im Arm
in dem Ritt durch die Zeit, durch die Nacht.
Und gehüllt in die Nacht, in den Mantel so warm,
in die wogenden Wogen, die Wogen,
hat das Tier in der Nacht,
das zweirückige Tier in der Nacht
mit acht Füßen gelacht
und ist durch die Wolken geflogen.

Und er wiegt sie auf Knien und Lenden und
wärmt ihre Fußsohlen mit Schultern und Händen.
Und als die große Welle kommt, dreht sich mit ihr
der Delphin. Jetzt trägt nicht er sie, jetzt trägt sie ihn.

Und die Fähre fährt über den Ärmelkanal, und die Logleine gleitet durch des Loggers Hand, und er zählt die Knoten und bewegt die Lippen dabei, doch das darf man sich nicht wie beim Gebet denken, wie beim Zählen der Perlen einer Gebetsschnur. Die Sonne scheint, es ist Wind. Die in Luv spüren das deutlicher als die in Lee, denn sie sind dem Wind zugekehrt, das kleine Gepäck, aus der Zeit der großen Schiffsreisen, zwei Koffer Claras, die nicht in Barcelona verbrannt sind, stehen arm und verlassen auf Deck, der Überseekoffer mit dem herausnehmbaren Fach, dünnes Holz mit gestreiftem Leinen überzogen, und Claires schwarzer Lederhandkoffer mit dem leuchtend karmesinroten Lederinnenraum.

Sie blickt auf das blaue Wasser, auf die Schaumkronen hinaus, sieht die Kielwellen sich in der Ferne verlieren. Der blonde Engländer spricht fließend Deutsch, er unterhält sich schon seit Stunden mit ihr. Er besitzt die Gabe, nichts Grobes, aber auch nichts Wesentliches zu sagen oder zu fragen. Er ist freundlicher als so mancher Mann, der bisher in Frage kam, eine Liebesbegegnung herbeizuführen oder herbeiführen zu lassen, seit sie in das Spiel eintrat, doch scheint er selbst nicht zu spielen, so alt er auch ist, mit seinem abgeschlossenen Studium und dem Titel, den er seinem Namen hinzufügen könnte, doch das weiß B., das seefahrende Dorfmädchen, nicht.

Später geht sie an der Seite ihrer neuen Begleiter durch die Straßen, im Dunkeln der Stadt, unter den Lichtern der Stadt, in diesem Völkermeer. Sie besteigt das Automobil ihres Gastfreunds, ein älterer Herr namens Bacon, sie fährt erschrocken zusammen, stößt kleine Schreie aus, das Dorfmädchen, von wo die Welt zusammenkommt, sieht die Welt zerfließen in einer Stadt, ein Ozean aus Draht und elektrischen Wellen liegt da, sie trägt eine Brille aus Gold, nicht Horn, das Gestell ist im alten Fünfeck, penta, geformt und jetzt nicht modern, aber sie kann mit der Brille die gewaltige Stadt vor sich sehen, die von unten nach oben schnellenden, laufenden, rieselnden, gleißenden, gleitenden Bilder und Bogen, gleich Leuchtfeuern steigen sie in den Himmel, Paläste aus Glas, Paläste aus Licht, Hotels und Theater, Paläste des Geldes, gigantische Türme und Brücken, die Kathedrale von Westminster und im Dunkeln der Königin alter Palast, strahlend und jung ist ihr Teint …

Sie besucht eine Abendschule, sie nimmt privaten Unterricht, die Hausfrau, der sie zur Hand geht, ist eine freundliche, sportlich gekleidete, dunkelblonde Frau mit weißen Zähnen, die in der Nacht von Barbarinas Ankunft unter den trüben Lichtern des Bahnsteigs, vor der glasüberdachten Kuppel von Victoria Station wie im Mondlicht mit den Perlen von Halskette und Ohrringen um die Wette schimmern und schimmern werden im Gedächtnis der Seefahrerin, die vor zwei Stunden bei Dover an Land ging, wie einst Aliénor von Aquitanien, über Schiffsplanken und einen schwankenden Steg, Kisten und Kasten vor freundlich sich kräuselnden Fluten, nichts deutet auf Karavellen, auf ganze Armaden auf Grund, der Fuß betritt schwankenden Boden, wie ein Schiff, eine Fähre, ein Tragboot, eine fliegende Brücke, ein Flachboot, das sich unter Ausnützung der Strömung entlang eines quer über den Fluß gespannten Drahtseiles bewegt, die Schiffsgäste, Bewohner und Fahrenden über den Kanal trippeln und trappeln auf schwankender, wiegender Brücke, rechts und links der Flanken der Fremden wiegt ein Koffer mit eigener Geschichte, vor dem Blick der Barbarin ziehen Männer und Frauen aus anderer Zeit in anderem Gewand, die sofort und in Eile ihrem Schicksal entgegen strömen, flußauf, Popeline und Ballonstoff und Gabardine und modernes Gewebe aus den fünfziger Jahren, in hellen und mitunter grellen Farben bedeckt eine Menge von Bürgern anderer Art, langsam bewegt die Fremde sich an der Hafenkontrolle vorbei, ohne diese hinter der Menschen- und Zeitwand erkennen zu können, irgendwo steht ein Holztisch quer zum Pier in der Landschaft, der vom Vormund beantragte Paß wird mit dem dritten oder vierten Stempel versehen, ein Papier mit Adresse und Garantie ihres Gastfreunds entfaltet, geprüft und zurück in jugendliche Hände gelegt, derweil die Koffer weitergetragen, der Paß aber und das Aufenthaltspapier in die an ihrer Seite hängende Tasche gelangen und aufbewahrt werden soll, gleichzeitig ist der steil nach Norden gerichtete Zug zu erreichen. Wo aber befindet der Zug sich, schon auf dem Festland, noch auf der Fähre? Felsen und Fragen, kein Bauwerk, kein Wind, nichts ist zu sehen, als Planken unten, Blau oben, verwischte Gesichter, ernste, faltige Mienen. Zuletzt über Kies und Randstein an ein Bahngleis gelangt, an einen Waggon mit Abteilen, Tür an Tür statt der Fenster, ernste Gestalten mit langgestreckten Gesichtern und Oberkörpern halten das Abteil besetzt, als hätten Männer mit den Zügen des Erasmus von Rotterdam, gemalt von Hans Holbein dem Jüngeren, Hüte amerikanischer Kaufleute aufgesetzt oder als säßen dort, auf dunkelrotem, mit schwarzen Ornamenten versehenem Samt, lederne Aktentaschen oder steife Hüte auf den abgewinkelten Knien, die Portraits von Lord Liverpool, von Sir Thomas Lawrence gemalt, in verschiedenen Varianten einander gegenüber.

Mistress Bacon erklärt den englischen Sinn für Humor, die Kinder der Bacons, zwei Mädchen, die ältere ist sechzehn und ein Jahr jünger als Barbarina, sie besucht eine höhere Schule, die jüngere geht noch in die Grundschule und erhält Sprechunterricht, wie alle Kinder der besseren Leute oder, wie sie sich nennen, *upper middle class*, das Kind nimmt Ballettunterricht, das Kind besitzt, wie seine ältere, ernstere Schwester, eine Schuluniform, das Kind ist nervös und verwöhnt, doch Kinder dürfen alles, sagt Mistress Bacon, und teilt das Essen aus, Barbarina ißt in der Küche, die Bacons im Speisesaal, bis sie sich eines Tages besinnen, aber noch ist es nicht so weit, Alice, die ältere, nimmt Klavierunterricht, wenn sie erschöpft vom Lesen oder Rechnen, oft auf dem Boden neben dem offenen Kaminfeuer wie ein Muselman vor dem Fernsehapparat kniet, ist ihre helle Haut mit den zarten Sommersprossen vor dem Hintergrund des grünen Teppichs zu sehen, in der Hall, die durch die große, faltbare Wand aus schwerem Eichenholz zweigeteilt ist, die vordere Eingangstür ist durch einen verglasten Windfang geschützt, dessen Fußboden mit roten, trapezförmigen Steinen belegt ist, auf diese allwöchentlich mit Bodenpaste geröteten Fliesen fallen die Briefe durch den in der äußeren Haustür angebrachten Briefschlitz und den im Innern befestigten, hölzernen Kasten ohne Boden; Briefe, die sie mit vor Erregung jagendem Herzen, bei gleichzeitiger Gemütskälte oder Gemütsferne, mit unwirklich kalter Fühllosigkeit aufhebt, in die Taschen ihrer Jean steckt und wartet, bis dieses langen Tages Reise sich dem Ende neigt und ihre Ungeduld anwächst, zur eiskalten, inneren Raserei.

Warum, warum, warum! hieß deren Melodie, und fand Ausdruck im lauten Weinen, sobald die weiße Tür des Dachzimmers mit den schrägen Wänden und den tief eingesetzten Fenstern des Mansardendaches von innen versperrt war, und sie sich auf das typisch englisch gebettete, von drei Seiten bis zur Matratzenmitte mit tief eingeschlagenen Wolldecken umzwängte Nachtlager geworfen hat, unter die zu kriechen, besser, in die wie in ein Futteral zu schlüpfen ihr ein sportliches Vergnügen bereitet, wie alles, was sie mit Staunen und frohem Eifer anzunehmen und zu lernen offen und willens ist, nur –: Das war nicht alles, und was kam danach?

Fern alles, fern, und nicht wirklich: die Freundlichkeit, der gutmütige Spott, die dankbare Zuhörerschaft ihrer bescheidenen Wortwahl, die geduldige Korrektur ihres Akzents, die Anhörung ihrer Lesung aus dieser zum Lachen reizenden, ein wunderbares Gelächter auslösenden englischen Prosa über eine studentische Bootsfahrt, welch andere Welt, welch anderes Leben, und doch, wie genau sie sich auch einfügte, zum Schein, wie genau sie die Sitten und Gebräuche oder besser den Stil, ja, den Stil dieser angenehmen Frau mit der angenehmen Stimme, mit den teils angenehmen, teils sehr unangenehmen Ansichten nach außen bejahte und anzunehmen, sogar zu kopieren bereit war, die Rolle war leicht und schwer, aber nicht ihre, das Leben hier war behütet, doch öde, ihre Zeit verrann ungenützt, das Leben eilte und eilte irgendwo dahin, und überall, wo sie hinkam, ging der Teil, der sie nicht sein wollte, mit: ein junges Dienstmädchen mit frühen Geheimnissen, das keinen Ausweg erkennt.

Sie zündet sich eine dieser dunklen, schweren und sehr teuren Zigaretten an, die auch die Dame des Hauses in einer weiten Marlene-Dietrich-Hose und in kurzer, im Rücken geknöpfter, groß geblümter Malerschürze mit weiten Taschen, bei der Hausarbeit wie bei der Malerei nach der Natur, zwischen den Lippen hält, es war wie eine schicksalshafte Begegnung oder, wenn sie weniger übertrieb, ein schöner Zufall, daß Mrs. Bacon sich wie Barbarina mit Malen beschäftigte, und so arrangierten sie Vasen und legten Stoffe aus und verglichen den Gegenstand mit dem Dargestellten auf dem vorbereiteten Material, das schon grundiert gekauft werden kann in einem dieser großen Kaufhäuser in der großen Industriestadt an der großen Themsemündung, deren ruhigen, vornehmen Außenbezirk diese Adresse angeblich darstellt, alles ist flach und langgezogen und weit auseinandergelegen, und das typisch englische Landhaus mit der hohen Gartenmauer ist weit und breit das architektonisch getreueste und nicht verfälschte in dieser Bucht, wo sie täglich mit oder ohne Hund an den Strand und diesen entlang geht, das Meer zu schauen und zu riechen und den Wind zu fühlen im Haar, weit, weit hinaus, wenngleich es das Meer nicht ist, wie gesagt wird, nur die Mündung ins Meer, doch das Wasser ist salzig und die Gezeiten sind stark, gefährlich, wie gesagt wird, nicht weit hinaus gehen, nicht weit hinaus, und wenn die Flut steigt, kommt das dunkle Wasser bis herauf, und man kann nicht unten, man muß oben auf der Straße mit diesem breiten Gehsteig wandern, wo lange schwarze Limousinen auf einsamen Straßen stehen bleiben, um ein kleines Mädchen vom Kontinent übersetzen zu lassen, und wo die Busse fahren mit Doppeldeck, entlang der Küste und hinein in die Stadt, zur hell erleuchteten, kaufmännischen Abendschule für die vielen ausländischen untertags arbeitenden Schülerinnen und Schüler oder weiter nach Osten, wo der Bus eine Biegung landeinwärts vollführt, um sie zur katholischen Kirche zu bringen, wo die kleine Gemeinde von einem kleinen freundlichen Mann erfährt, daß sich die Children of Mary jeden Mittwochabend hier treffen und jetzt gleich der Gemeinde das Jesuskind vorführen werden, worauf die Gemeinde ruhig sitzen bleibt in der kleinen, aus hellgrauen Steinen erbauten Kirche, die nicht größer ist als ein Wohnhaus mit offenem Dachstuhl, sodann gehen Mädchen verschiedenen Alters und Körperbaus durch eine Tür und kehren mit lächerlichen, hellblauen, bodenlangen Kitteln aus billigem Glanzstoff bekleidet und mit einer dicken Riesenpuppe mit Blondhaar zurück, und verlangen allen Ernstes, Barbarina solle wie die anderen diese unheimliche Puppe küssen oder was! Barbarina faßt sich blitzschnell und tut, als sei sie zu schüchtern oder zu ungläubig, kommt sich wie eine Ketzerin unter Wahnsinnigen vor, doch die Wahnsinnigen sind normale, vielleicht etwas dunkelhaarigere englische Staatsbürger und Staatsbürgerinnen als der sonstige Durchschnitt, der freundliche Priester, der sich *father* nennen läßt, was ganz sympathisch, weil sehr altmodisch ist, und Barbarina liebt das Altmodische, solange es sich von außen betrachten läßt und in der Minderzahl sich befindet, als ein Rest und ein kleines Zeichen von früher, wie ein altes Bild oder Buch, dieser altmodische Pater also hat eine so grauenhafte Aussprache des Lateinischen, daß Barbarina die Gebete, die sie auswendig weiß, kaum wiedererkennt, gleichzeitig wird ihr das, was einst Herta über die Aussprache des Lateinischen gesagt hat, klar, es gibt Lehrer, so Herta, die »Käsar« sagen und nicht Cäsar, und dabei sah sie Friedrich vielsagend an, der vielsagend lachte, denn sie hatten diese gemeinsame Erinnerung an einen Lehrer und wieder sah sich Barbarina von einer Gemeinsamkeit ausgeschlossen, zu Hause hatte sie Pius erklärt, Latein lernen zu wollen, was Pius verwundert und mit einem gewissen Respekt mit Das ist eine gute Idee beantwortet hat, und Barbarina nahm sich vor, ebenfalls »Käsar« zu sagen, um zu zeigen, daß sie wußte, daß das Wort Kaiser damit zu tun hat, Caesar ... Ka-e-sar ... und so weiter, und sie suchte in ihrem Gebetbuch nach anderen Wörtern, die so alt waren, daß sie auf dem Papier, durch das Gedruckte hindurch, zweitausend und mehr Jahre durchschimmern ließen, und dieser kleine *father* sagte soeben »Sisar« ... *render therefore unto Caesar the things which are Caesar's;* und so weiter, das bedeutet, daß jede Sprache der Welt dem Lateinischen seine eigene Aussprache wie eine Begleitmelodie, einen Akzent, beigibt, was für ein aufregender Gedanke, der sogleich getrübt wird beim Nachhausekommen, denn Alice findet die Überlegungen dieses *funny girl* nicht sehr originell, zum Teil auch falsch, denn man spricht Caesar eben Ceasar aus, da gibt es doch nichts darum herum zu denken, und Caesar ist, wie man weiß, Caesar, also »Sisar« und nicht Zäsar, wie diese Deutschen oder meinetwegen Austrians, schau auf deine eigene Aussprache (oder: Look at your own self!), alles immer falsch aussprechen. Das und einige Bemerkungen Mrs. Bacons über die schlechten Eigenschaften der englischen Katholiken bewirken, daß Barbarina die kleine Kirche weiterhin besucht, jeden Sonntag, die Busfahrt kostet immerhin Sixpence und, obwohl sie genau sieht, daß es sich um einen naiven, geradezu kindlich abergläubischen Ort ohne Stimmung, Weihe oder Wirkung des Erhabenen handelt, profaner Alltag kleiner, vielleicht gutmütiger Bürger, weit fort von Rom, dem Heiligen Vater, vielleicht auch der richtigen lateinischen Aussprache, wer weiß, und gewiß weit entfernt von alten italienischen Meistern, mit dieser kleinen elektrischen Orgel und furchtbaren Nachthemden aus Glanzstoff, die mit Todesverachtung über den Kopf gezogen werden, wie in einem blasphemischen Faschingsspiel zur Verspottung von Frömmlern auf dem Dorfe, besaßen sie etwas, das sie zu Barbarinas Erstaunen interessant, wenn nicht gar verteidigenswert erscheinen ließ: Einen schlechten Ruf! Sie reihen sich nicht ein, sie nehmen ihre Kinder bei der Schulter und drängen diese vor, leiten sie eigenhändig, also handgreiflich, an (und Mrs. Bacon führte es sogar händisch an Barbarinas Schultern vor), sich vorzudrängen, unenglisch also, sie sind nur an der eigenen Gruppe interessiert, halten zusammen (!), sind abgekapselt nach außen, unsportlich, nicht ganz offen, sehr komisch im Sinne von sonderbar und letzten Endes verlogen! Das alles erfuhr Barbarina von Mrs. Bacon nur, weil sie ein cleveres girl ist, das schon erkannt hat, daß English catholics funny people sind, wie aus ihrer soeben gemachten Bemerkung hervorgeht. Mit wachsendem Staunen hört Barbarina vernichtende Worte über Katholiken, welche Bezeichnung, führt man die Auslegungen der Gebirgskatecheten ein wenig fort, so gut wie »in allem fehlerlos« oder »allgemein und ohne Fehl« oder »einzig, allgemein, überall und fehlerlos«, und so weiter, bedeuten kann, auch wenn das offiziell nicht gesagt wird, daher in der Fremde gesehen oder besser gehört, eine unglaubliche, verblüffende, kühne, ein wenig unwirkliche Tat einer diesseitig modernen, das heißt nicht

frömmlerisch und nicht Nazi, also englischen Frau darstellt, die weiß, daß sie zur Zeit Elisabeths II. und nicht Elisabeths I. lebt. Wenngleich Namen etwas Geheimnisvolles besitzen ... unglaublich also, solche Vorurteile aus dem Munde einer sportlich gekleideten Frau, die Barbarinas Ansichten über die Nazi teilt oder die Erzählung von grandfathers Aussprüchen mit allen Anzeichen der Übereinstimmung hört. Diese Mrs. Bacon äußert, gelinde gesagt, im Falle der Katholiken engstirnige Ansichten und sagt Worte, die mehrere Dinge zugleich ausdrücken und bedeuten könnten:
Erstens, die übermächtigen Katholiken des Landes im Gebirge bekommen ihre Ungerechtigkeiten heimgezahlt – andernorts. Das ergibt zweitens Sinn nur für einen Augenblick, und einzig als Gleichnis, ganz nach dem Ungerechtigkeitsmuster des Neuen Testaments. Drittens, die gerade beschriebenen Verhaltensweisen sind erfunden, Barbarina glaubt kein Wort davon und wird innerlich sofort ein wenig katholischer, als kleines Gegengleichnis. Zudem ist der gelebte Beweis einer durch Vorurteile bedrängten katholischen Minderheit (sie denkt das Wort Minderheit), solange es sich nur um Bemerkungen handelt, ein Barbarina willkommener Beweis dafür, daß Menschen etwas, das schon so lange her ist, wie der Dreißigjährige Krieg, nicht vergessen. Weshalb Kriege das größte Übel sind. Aber, und das ist ebenfalls ein Beweis, einer, der sie durchfährt und vor allen gedachten Beweisen und Gegenbeweisen, seit der ersten Aufzählung

der schlechten Eigenschaften der catholics, vor ihr stand wie eine weiße Säule der Erkenntnis. Und so antwortet sie mit einem kleinen, beschwichtigenden Lachen: What you just said, in my country is said about Jews! Und während sie dies sagt, empfindet sie Mitgefühl mit den dicklichen Mädchen in blauen Nachthemden, Children of Mary, die dem einsamen kleinen Priester halfen, das Dasein der Gruppe, die nicht dem vorherrschenden Ruf folgt, zu ertragen. Wenn sie auch weiß, daß viele, so sie mit ihnen geredet hätte, dächten, ihre Überlegungen seien übertrieben. Doch selbst wenn, gleichnishaft gesehen, die Katholiken üble Nachrede verdienten, so standen doch arme Leute mit schlechtem Benehmen als einzelne unter dem Schutzmantel *der Geringsten meiner Brüder.*

Sie öffnet die Briefe und tritt in die parallele, gesunkene oder verschwundene Welt, das Tor eines Gartens fällt ins Schloß, ein Rascheln im Laub, ein Sich-Entfernen, und dann? Wartet der Garten auf die Wiederkehr, der schöne, der häßliche Garten? Versinkt der Garten im Nichts, hinter den Augendeckeln, ein Wimpernschlag, fort ist der Garten? Das Unkraut, der Kiesweg, hinab, die Pfingstrosen, zu früh abgefallen die Dolden, jemand geht vorbei und die Rose wirft einen Kranz, den Ballast dunkler, passionsroter Blütenblätter von sich, wirft ab wie ein Zweig im Winter die Schneelast, den blutigen, blütenroten Ball, das löst einen dumpfen, kaum hörbaren Laut aus, ein Ballen Natur trifft Natur, nicht gehört, nicht gesehen, nur unerkannt und ungesehen geschehen, gibt es das? Suger, der Abt von Saint-Denis, widersetzt sich vergeblich der Verstoßung Aliénors. Und dann? Dann besteigt das Schiff ein Plantagenêt, und Aliénor kam die Stufen des Bootsstegs herab, und da sahen alle, daß sie war Éléonore de Guyenne, duchesse d'Aquitaine et comtesse de Poitou. *Et elle se remaria à Henri II Plantagenêt, roi d'Angleterre. Et apporta en dot au roi d'Angleterre les plus riches provinces du sud-ouest de la France.* Sie wird in den täglichen Handreichungen unterwiesen, durch eine Frau mit kleinen, abgehackten Bewegungen, abgehackter Sprache und einer präzisen, angeborenen Gabe, fremdes, sprachlich beschränktes Personal zu trainieren. Eine Woche befolgt die Fremde zur Erheiterung Mrs. Bacons mit ernstem Gesicht die geduldigen Anweisungen dieser Frau mit dem starken Akzent und fürchtet sich. Wovor? Vor der ungeliebten Arbeit und den eigenen Geheimnissen. Noch nie war sie in eine so freundliche Atmosphäre getreten, waren ihr Menschen mit so wenig Vorurteilen, mit so viel Freundlichkeit begegnet, aber kannten sie sie? Durfte sie sich zu erkennen geben? Nicht Heidrun, nicht Herta, nicht Diana, und nicht Costarica, auch ihm nicht. Mahnende Briefe. Eine neue Adresse, Andeutungen von Umsturz, hier hat um den Jahreswechsel vor einem Jahre eine Art Revolution stattgefunden, ich nahm eine neue Adresse, du verstehst, das war vorübergehend, ich wartete ab. Nun bin ich erneut umgezogen, du schreibst also ab sofort an Galiano viersechsdrei und an keine andere

Adresse, verstehst du? Und dann die Mitteilung von dem Scheck mit der großen Summe an die Großeltern und der kleineren Summe an ma fille bien aimée, nichts von der angekündigten Reise, nichts von Wiedersehen und Umarmung, kein Wort von den Lebensumständen, nichts Greifbares, nichts vom wirklichen Leben, nichts, nichts.

Was hat sie vor einem Jahr mit dem anderen Scheck zu ihrem Geburtstag gemacht? Sie hat ihn in die Oberdorfstraße getragen und einem sogenannten reichen Mann ausgehändigt, als Sicherheit für einen Betrag, den ein anderer ihm schuldet, und dieser andere ist ein von allen außer einer im Dorf verschriener, vollkommen gemiedener Mensch, der wie kein anderer schöne Worte über die Liebe zu formen vermag, schöne Worte findet für Frauen, die nur für die Liebe geschaffen sind, und immer neu zu berichten weiß von wundersamen, Gefahr und rauschhaftes Glück verleihenden, auch erheiternden, Abenteuern mit in den schönsten Farben geschilderten, temperamentvollen Mädchengestalten der edelsten, wenn auch verruchten und wunderbaren Art. Auch kamen Betrüger vor in diesen Geschichten, Falschspieler, Händler, Roßtäuscher und reiche, rohe Gesellen, und meist blieb eine leere Brieftasche, ein leeres Hotelzimmer, ein traurig leeres Bett am Morgen zurück. Das blonde Haar am Morgen und das schwarze Haar am Mittag. Blond, schwarz und rot in der Nacht, und Nächte und Tage und das Pochen der Hauswirte,

Händler und Kuppler an den Türen und die Fluchtwege durch Hintertüren und Gärten und der Unterschlupf bei einer langbeinigen Schönen, die auf alles verzichtet, nur um eine Nacht mit dem Erzähler verbringen zu können, den sie nie vergessen hat, und auch jetzt nicht vergißt, wenngleich ihm nun nicht mehr die große, zentimeterdicke Brieftasche und der eigene Leibchauffeur (wie dem Kronprinz Rudolf!), wie gesagt wurde, zur Verfügung stand! Und sie beugt sich über den Erzählermund und stützt mit der Hand ihren Nacken, auf das sogenannte Bärenfell hingestreckt oder in der richtigen Wohnung, als die Friesin in dem benachbarten Land diese gut bezahlte Stelle erneut angenommen hat, weil dem Erzähler nichts mehr gelingt, ihm keiner Kredit gibt, weil Verrat und Wortbruch so groß und weil ihm dies und das unterstellt worden ist, zum Beispiel, daß er fremde Gelder vertrinkt, doch wer soll nicht trinken um zu vergessen, wenn er sich sehnt und sehnt, nach einer verbotenen Liebe so sehnt, und die verbotene Liebe, die sich nach den ersten Wochen der buchstäblichen Atemlosigkeit nicht mehr beherrschen kann und Heidrun den Namen ihres großen Geheimnisses preisgibt, erntet Schande und Zurückweisung wie noch nie, und ihr werden die Augen, wie gesagt wird, geöffnet, und ihr Stolz erfährt eine kleine, fast nicht zu ertragende Einschränkung, und die Erzählungen des Mannes mit der blonden Enttäuschung und den drei wunderschönen, geliebten Kindern, die er aufs neue für einige Monate allein pflegt und versorgt, wie Barbarina einst ach so gerne versorgt worden wäre, fehlen ihr sehr, und sie ist gespalten zwischen der Demütigung, zu aller unverschuldeten Schande noch einem falschen und vielleicht herabgekommenen Götzen anzuhangen, und der selbstverschuldeten Schande, einer kalten, seit Jahren vergebens umschwärmten, angebeteten und noch immer nicht zur Freundin eroberten Mitschülerin und Gegenspielerin als düpierte Erwacherin aus zwielichtigen, unappetitlichen Träumen, als Ziel allgemeiner und besonderer spöttischer Bemerkungen zu dienen.

Aber was weiß denn Heide von der Liebe? Liebt sie denn? Wird sie geliebt, wenn man von ihrer vernarrten Anbeterin absieht? Sie ist beliebt. Und umworben. Sie lacht oder schaut mit großen graublauen, schwarzbewimperten Augen, die sie, wie angeblich in der Zeitschrift »Quick« angeraten, täglich zum Mißfallen von Mutter und Schwester mit Rizinusöl salbt, den Menschen mitten ins Gesicht, um sich dann mit den gewöhnlichsten Leuten vor Gelächter zu krümmen, bis sie, sehr selten, an Barbarinas Seite zu sitzen sich bequemt, um ihr gnädig den Grund des Gelächters, ein anderes unwissendes Opfer, preiszugeben; meist dumme Frauen, die sich einem schlauen Fremden aus irgendeiner anderen Ortschaft zur Verfügung stellen für, Du weißt schon, und Barbarina redet sich die Sprechwerkzeuge wund, nein, sie ist feige und schweigt oder sucht ein wenig hilflos zu tun, als glaube sie das nicht oder doch oder sie verstellt sich und fragt noch einmal nach und denkt, dieser unerreichbar Verstockte, wenn er mir begegnet wäre, aber diese Leute und auch Heide halten sich unter Leuten und in Gasthäusern auf, wo sie nie hinkommt oder nie eingeladen wird, weil sie dumm ist, wie gesagt wird oder noch schlimmer. Da ist etwas, ein von Menschen, wie sie nicht sein möchte, aufgestelltes Gesetz, dem sie sich nicht unterordnen will, was kein Mädchen, mit dem sie befreundet sein möchte, begreift. Auch nicht Diana, nicht Heidrun, um deren Willen sie ringt, die zuweilen, in ernste Gespräche verwickelt, endlich Antwort gibt auf eindringliche Fragen und Vergleiche (wenn Dir das und jenes an der Haltung von dieser oder jener Person mißfällt, wie kannst du dann gerade deren Meinung teilen?). Dann findet Heide außer häßlichen Sätzen noch andere Gründe für diese, Barbarina so fremde und freudlose Keuschheit oder, wie hier gesagt wird, Klugheit. Gründe, die etwas zu tun haben mit Tauschhandel, Lüge und etwas, das drohend, Leben abtötend, im innersten lebensbedrohend und Leben abweisend scheinen. Dieser Meinung ist auch der Mann der Friesin. Dennoch enthalten seine Ansichten gewisse Ungereimtheiten. Einmal behauptet er, die Ehe töte die Liebe, ein andermal spricht oder besser schreibt er von der Krönung ihrer beider Liebe, wie in dem Brief, den sie gerade liest, worin aber offenbleibt, womit sie gekrönt werden soll, gefordert wird nur, sie möge sich gedulden, acht Jahre, also eine Ewigkeit. Sie liest diesen Brief und denkt und denkt und wundert sich über sich selbst, über die Gedanken, wie unangenehm es ihr wäre, wüßten ihre

Gastgeber von diesen Briefen, nicht nur den Altersunterschied betreffend. Auch die abenteuerliche Wirkung eines Fliegers, eigentlich Funkers, wenn auch nur aus Erzählungen, die vergleichsweise Schuldlosigkeit eines Fliegers oder Funkers (bezogen auf die SS!), der sich nur mit den Mädchen auf Taormina und nicht mit Judenverfolgungen wie er behauptet, befaßte, galten in einem Lande mit einer sehr bewunderten, sogar königlichen Marine rein gar nichts. Nicht ihresgleichen an Jahren, Besitz und Erfahrung, sondern eine Frau eines Unternehmers, mit einem schöneren Haus als die schöne Villa im Oberdorf, mit einem eigenen kleinen Austin für Einkäufe, out-door-painting oder bird-watching (neben dem Jaguar, genannt *Jag*, des Ehemannes) war nun ihr Gegenüber. Wenn es etwas Gemeinsames zwischen hier gab und dem Land im Gebirge, so war es die allgemeine und allumfassende, selbstgerechte, also »katholische« Geringschätzung der irdischen Liebe und vor allem der irdisch Liebenden durch Menschen, die mit irdischen Gütern sowohl des Geistes als auch vor allem des Geldes gesegnet sind. Mit anderen Worten, nur die Armen im Geiste legen sich hin. Die Auflehnung dagegen verband sie mit dem Mann des Anstoßes.

Dennoch befielen sie Zweifel, ob das, was dessen Liebe ihr darbot, genügte. Er oder es war trotz allem nicht alles für sie. Sofort bereute sie diese Gedanken: Das Schicksal wird mich für diesen Hochmut bestrafen. Ich bin genauso wie die, um derentwillen ich litt. Ich bin wie Friedrich. Wie Heidrun bin ich. Doch ohne die innere Kälte, die eiskalte Intelligenz des einen wie der anderen zu besitzen. Also bin ich, wenn auch nur in den Augen der andern, auf dem Wege zu werden, was man mir vorwirft, zu sein: haltlos oder noch schlimmer: hemmungslos. Ich erleide demnach das Schicksal, das mir gebührt.

Ist es so? Ist es so?

Wie bin ich? Wie will ich sein?

Hätte ich die Wahl, ich wählte Weisheit und Verstand. Wie Salomo. Da ihm mitgegeben ward, wonach er nicht gebeten, Reichtum nämlich und Ehre, als er seinen Engel bat um ein weises und verständiges Herz. Amen. Und die Schönheit kam zu Salomo, ihr Name war Balkis, genannt Makeda. Und das Land, dessen Wohlgerüche sie ihm zum Geschenk machte, war geheißen Saba oder Reicharabien, wie geschrieben steht. *Als sie zum König Salomo hineinkam, redete sie mit ihm alles, was sie sich vorgenommen hatte. Und Salomo sagte es ihr alles, und war dem König nichts verborgen, das er ihr nicht sagte.*

So kam es, daß sie zum ihm ging und sprach, ich muß dich lassen, es hat keinen Sinn mit uns beiden. Alle Welt redet gegen mich, und auch du handelst so, daß du der Welt recht gibst und nicht mir. Und er redete gegen sie und leugnete ab seine falschen Versprechen und daß er sich nicht zu lösen gedachte von seiner alten Bindung, als er auf die neue schwor. Dann sagte sie, viel lieber will ich verzichten auf solch schmerzende Rede und Gegenrede mit dir als auf die Gefühle des Einsseins in so manchen Gedanken mit ihr. Da ist etwas, das ich dir nicht nennen kann, ein Herzschlag, ein Stocken, ein Atmen, ein Schauder, ihr Anblick, der Gruß nur, wenn wir einander begegnen, dieser andere Zustand durch eine Freundschaft, von dem du nichts weißt, denn, was ich seit langen Monaten mit dir erlebe und empfinde (oder empfunden habe) ist stark und streng in vielerlei Hinsicht, und hat mich in so manche Unbill gestürzt. Ich nahm sie gerne auf mich um der Liebe willen, und um der Stärke, die diese Liebe fordert, und ich dachte in meinem Herzen *ê ich in sehe verderben, ich wil ê für in sterben.*

Doch dann sind die Zeiten gekommen, als du falsch und fremd warst gegen mich und wie von einer Krankheit befallen. Ich bin meiner Liebe müde geworden und der Mühsal, die sie mir bringt, und der Fremdheit, die nun herrscht, zwischen dir und mir. Ich möchte dich lieben können, aber es soll nicht sein, und auf diese Schwingung der Seele mit meiner Freundin kann ich nicht verzichten um deiner erkalteten Liebe zu mir. Sie will, ich soll dich lassen.

Aber Du liebst sie! Mit einem Ausruf der Überraschung blickt er sie an, lacht wie anerkennend und genauer als bei ihren Berichten von Büchern und Bildern und all dem närrischen Zeug, hört er zu. Hast Du es ihr schon gesagt? Was meinst Du, fragt die erstaunte Verstörte. Daß Du Dich hinlegst mit ihr. Warum sagst Du so etwas und wie sollte das geschehen? Wie? Weißt Du denn nicht? Du nicht? Ich glaube Dir nicht, will nicht hören, was Du mir sagst, nicht mit diesem Mädchen, nicht wir Mädchen, nicht wir.

Nicht mir ihr? Du Arme! Du liebst eine Heuchlerin, das ist Dein Problem, das ist das Problem dieser Zeit, dieses Landes, dieser Welt. Unser aller Problem! Sie ist keine Heuchlerin! Sie ist – ganz unerfahren ist sie und unsere Gefühle, meine Gefühle – Du machst das mit Absicht, absichtlich mißverstehst Du mich! Unerfahren? Nicht unerfahren genug, um nicht allen bösen Zungen dieses Dorfes beiderlei Geschlechts nach dem Munde zu reden und mitzureden, nicht wahr?

Wußte er mehr als sie? Sie schwieg. Sie wußte nicht weiter. Komm. Ich zeige Dir etwas. Nein, hab keine Scheu. Ich lese Dir vor, aus dem großen Bericht, ein berühmtes Aufklärungsbuch. Und als sie vom Zuhören und den Zwischenrufen und seinen Erklärungen und auch Erfahrungen heiße Wangen und Ohren bekam, lehnte sie die Zumutung, ihrer Freund-Feindin die entscheidende Frage zu stellen, ab.

Ich glaube Dir jetzt, sagte sie, und es scheint mir natürlich, so, wie Du es sagst, und ich danke Dir, daß Du es so sagst und nicht mit anderen Worten und Sätzen. Und doch ist es etwas anderes um eine Zuneigung wie diese, und ich kann es dir nicht erklären, Du würdest es nicht verstehen.

War dieser Mann gewöhnlich? Wie die anderen Männer seines Alters und seiner … Herkunft? Hatte der Umgang mit kleinen Landwirten und Skilift-Planern seinen Geist und seine Gedanken beschränkt? War der Hauch der großen oder etwas größeren Welt (Taormina, Wien, die Oper, der Wiener Prater) das Wissen um das königliche Spiel der Liebe, nur dadurch verflogen, weil eine kleine, wankelmütige Person vom Lande einen Ballettabend in der Royal Festival Hall besuchten durfte und bei den Polowetzer Tänzen aus Fürst Igor vor Entzücken beinahe das Bewußtsein verlor?

Ich will lieben, ich will, daß meine Gefühle nicht vergehen, ich will, daß der Augenblick Dauer ist, ich will daß das Gute siegt, ich will ein ganz wunderbarer Mensch werden und ich will, daß er (oder der?) ein ganz wunderbarer Mensch sei und daß beide wunderbaren Menschen in wunderbarer, immerwährender (immer?), standhafter (standhaft?), ja, Liebe! leben und … wachsen und … immer klüger sein sollen … so lange … es ihnen gefällt. Und das soll möglichst lange sein. (Ein Jahr noch wenigstens, oder?)

3. KAPITEL

Aus den Notizbüchern

Mädchen. Feindinnen, Ephebinnen, Prinzessinnen, Männinnen und Mädchen. Anziehend, abstoßend, mitleiderregend. Verwöhnte, verwahrloste, ehrliche; falsche, zarte, gewöhnliche. Herrscherinnen und Dienerinnen. Trabantinnen. Regentinnen (Barbarina?) Rivalinnen. Gouverneurinnen und Gouvernanten. Unterlegene. Erotikerinnen (Barbarina?). Strahlende Siegerinnen, kalte Schweigende, heimliche Äbtissinnen (in Wahrheit) Postilloninnen, Kontrollorinnen. Also keine Äbtissinnen, eher (eine Art) Polizistinnen.

Unterliegen, indem man sich durch eine von diesen in eine Sache hineintreiben läßt. Aber warum. (Zögling Törleß?) Nein, die Gefahr, das Opfer zu sein. Durch Hinwendung? Hinneigung? Mehr? Ein Vergleichen, Sich-Messen, das zum Kampf wird. Freiwillige Gefangenschaft, Warten auf ein Wort, einen Blick. Fordern. Ich bins, ich will es sein. Die verzückten Augen der Heiligenbilder. Nie hat das B. interessiert. Sie interessierte sich für die Sieger. Sie interessierte sich für die Siegerinnen. Sie wollte an die Sieger, eine ganz bestimmte Art von Siegern, die Schönen, heran. Den Schönen wollte sie gleichen. Nein. Sie wußte, sie gehörte zu ihnen. Hätte sogar einen Sonderplatz eingenommen unter ihnen. Ein Gespräch viel später, Jahre später, mit einer, die an jene Siegerinnen erinnert und die, ganz entsetzt, nein befremdet: Wenn ich nur wüßte, wieso Dir die Schönheit so wichtig ist, sagt. Nicht befremdet. Gedankenlos, gleichgültig, mit einem Ton verächtlicher Langeweile.

B. aber liebte Schönheit, die sich nicht an Menschenopfern oder Tieropfern nährte und am Leben hielt. B. wollte das Unmögliche: Sie wollte siegen, ohne schuldig zu sein. Wollte siegen lernen von den Siegern, aber für die Unterliegenden. Nicht ganz. Oder doch. Wollte überleben, als sie sah, daß es um ihr Leben ging. Daß Leben ihr nur unter Bedingungen, mit großen Einschränkungen, gestattet war. Daß ihr Fehler angekreidet, sogar angedichtet wurden, damit Freuden versagt werden konnten. Sie wollte gegen den Strom schwimmen, noch ehe sie schwimmen lernte. Dann lernte sie schwimmen, hatte aber nicht genug Kraft. Also, wie war das mit den Schulfreundinnen und Feindinnen:

Heidrun oder *Heide*, wie sie sich später genannt hat: Blond, mit diesen sogenannten knospenden Lippen, meist ein wenig wund, weil sie sich die Lippen mit den Zähnen massierte, damit sie rot leuchteten. Es war bei Drohung, von der Schule zu fliegen, verboten, daß Mädchen sich schminkten. Der Vater des Mädchens, jüngerer Sohn einer kinderreichen Weinbauernfamilie aus Südtirol, Optant, also Nazi. Wird Gendarm des Gebirgsdorfs und bleibt es auch nach dem Krieg. Glasige Augen und eine Knollennase. Läßt seiner Frau freie Hand bei den Töchtern, das heißt, sie nach Belieben herumzukommandieren. Die Töchter, Rivalinnen bei Mutter und Vater. Die Älteste, Friedrun, »brav« und eher schlechte Schülerin. Rassistisch und sexualfeindlich. Die jüngere, Heidrun (liebste Feindin und Klassenkameradin B.s), klein, lebhaft, witzig (auf Kosten der Lehrer, der Religion, auf Kosten B.s und auf Kosten aller Erotiker und Erotomaninnen). Indiskrete Tratschgans. Liebling ihres Großvaters väterlicherseits (also des Oberpatriarchen, Obersäufers, Weinkosters, Erzeugers von vierzehn Kindern. Blieb im faschistischen Italien, Herrscher auf seinem Weinbauernhof, umgeben von dienenden Söhnen und Schwiegertöchtern, eifersüchtige Weiber der Söhne, und dienenden Töchtern und Schwiegersöhnen, eifersüchtige Männer der Töchter). Weshalb nahm der das jüngere Kind, des Optanten aufs Knie und flüstert, sie sei die Schönste im Land ihr ins Ohr? Warum sagte er dem Kind, es habe die schönsten Augen, den schwellendsten Mund? Warum aber weckt das den Neid der Mutter des Mädchens, daß sie sie kreischend eine Hure nennt? Warum erzählt das Mädchen mit den dünnen Armen und Beinen, mit der behenden Kindergestalt, B., die ihr nichts recht macht, diese Geschichten? Und B. hört zu und glaubt ihr, denn sie hat Augen im Kopf und findet sie auch schön, zumindest unter den Blonden. Sie ist honigblond mit kohlschwarzen Wimpern, die bis zu den Jochbögen reichen, ihre Brauen sind breit, schwarz und seidig, der Bogen der Brauen ist runder als der von B., aber beinahe so schön. Ihre Zöpfe sind dicht, und die Schläfenlocken schimmern hell, ihre Augen sind groß und von einem blaudunklen Grau. Sie liest sehr früh die Schönheits- und Kosmetikseite in der jede Woche von einem Vertreter gebrachten und wieder abgeholten Zeitschrift mit Schutzumschlag aus der Deutschen Bundesrepublik. Sie weiß alles über

Soraya. Prüfungen besteht sie mittelmäßig, sie kichert, wenn B. Gedichte aufsagt. Sie sucht B.s Trost, als sie durch die Lehrlingsarbeit in dem Geschirrgeschäft todkrank wird und wochenlang in einem Spital in einer für mehrere Stunden Zugfahrt entfernten Stadt liegen muß, wo sie teure Medikamente bekommt, die von der Krankenkassse nicht bezahlt und deren hohe Kosten ihr von der Mutter vorgehalten werden. Sie weigert sich lange, in B.s Stammbuch zu schreiben, sie will nicht Gedichte lesen oder über Gedichte reden, ihre Stimme ist hoch und ein wenig unangenehm, aber ihr Lachen perlend, wie in den Gartenlaubenromanen, obgleich selbst dieses Kompliment sie zum Lachen reizt. Wenn sie in Not ist, aber das ist sie nicht oft, kommt sie zu B., doch sie weigert sich bis zu B.s Abreise und darüber hinaus, sie ihre Freundin zu nennen und verleugnet sie, wegen ihres Lebenswandels, wie sie sagt. Als es noch keinen Lebenswandel gab, dichtete sie der Neunjährigen an, im Heuschober Knaben zu küssen, was für ein Mädchen ohne Eltern Erziehungsheim bedeuten konnte, für Wissende gleichbedeutend mit Gefängnis und Quälerei. Manchmal weinte sie, wegen der Schikanen der eigenen Mutter, doch sie erzählte dieser B.s Geheimnisse weiter. Von der Freundin ihrer Mutter, einer ehemaligen Nazi-Fürsorgerin, ließ sie sich das Kino und Schokolade bezahlen und hörte sich deren menschenverachtende und menschenvernichtende Sätze ohne Widerrede, aber mit perlendem Lachen an. Als das dritte, verspätete Kind des Gendarmen kam, war es wieder ein Mädchen und dessen späte Entwicklung, fast eine Behinderung, ermöglichte es Heidrun, diese verhaßte neue Rivalin, Liebling der Nachbarsfrauen und des Vaters, zu necken und zu verspotten. Die einst für die Selektion von Kindern zuständige, allein lebende Fürsorgerin wich nicht mehr von der Seite dieses beschränkt wirkenden Kindes, das auf ihren Vorschlag Gudrun hieß und das sie mit ihren Ansichten und allgemeinen und besonderen Bemerkungen über die Welt und über charakterliche Eigenschaften gewisser »Flitschen« indoktrinierte, worunter hauptsächlich Barbarina, neuerdings sogar Friedrun gemeint war, denn die ersten italienischen Skifahrer sind ins Dorf gekommen und laden die Blonden zum Spazierengehen ein. Da sie die dörflichen Gemarken und sonstigen Geheimnisse nicht kannten, wählten drei von ihnen die stockkonservativen und körperlich unterentwickelten Gendarmenmädchen aus. Die dunkelhaarigen Mittelschüler aus dem Süden führten nichts weiter im Schilde, als Zutritt zum Elternhaus der Mädchen zu erlangen, wo sie die Erlaubnis zum Ausgang erbaten. Barbarina mit ihren Französischkenntnissen stand dabei und bemerkte das geschmeichelte Lächeln auf dem schlauen Rechnerinnengesicht der Frau des Gendarmen. Friedrun und Heide gaben ihr jedoch bald zu verstehen, daß die Italiener keinerlei Wert legten auf B.s Begleitung, denn die Fürsorgerin, die vor der Aussiedlung unter dem Duce gedient hat, beherrscht ein elementar klingendes Italienisch oder was das war, doch B. denkt nicht nach über die

Frau, die ihr das Gefühl, einer Scharfrichterin gegenüberzustehen, verleiht. Sie hält die Tränen der Verzweiflung zurück, sie nimmt den Weg durch den Friedhof, sie sucht die Grabnamen ab, sie bleibt stehen vor den Gräbern der Familien des Dorfes, sie erblickt frische Blumen auf diesem oder jenem Grab, sie öffnet die Tür zur Aufbahrungshalle, die Betfrau sitzt rechts von der Tür und hält Totenwache, die Berge sind weiß verschneit und die Tannenzweige in den Weihwasserbecken auf den Gräbern halb angefroren, Claires Vorfahren väterlich liegen unter einem schweren Stein, es ist das größte und von allen sich unterscheidende Grab, ein Block aus Tuff mit einer »Trauernden Gruppe«, ein Knabe, der Blumen zum Marienbild hochhält, B. glaubt, ihren Vormund in der Knabengestalt zu erkennen, glaubt zu wissen, daß er sich in dieser Gruppe verewigt, ob er das weiß oder nicht. Der Stein ist wie jeden Winter mit einem Holzkasten abgedeckt, damit ihm der Schnee nicht schadet, es schneit, es wird kalt und rasch dunkel an diesem Nachmittag, die Lichter der Grablaternen leuchten vertraut, B. verläßt den Antonifriedhof mit dem gotisch bemalten, von vielen gehaßten Holzrelief. Die Bildhauerin hat den heiligen Georg in einer Außennische der Friedhofsmauer verankert.

Brehm (frei zitiert: oder: vertont oder: verdichtet): Fische steigen von der Niederung aus, Flüssen entgegen, steigen zu Höhen empor und versenken sich im Meere bis in entfernteste Tiefen. Die Meere sind dichter bevölkert als wir ahnen, und auch die höheren Breitengrade setzen ihrer Ausdehnung kein Ziel. Auch in den kalten Meeren wohnen die endlosen Massen, beleben alle Teile des Wassers in unendlicher Zahl. Weil wir nicht wagen zu sehen, was wir sehen, erhält das unseren Augen Verborgene seinen Sinn. Nicht gleichen die Fische den Vögeln. Keiner von ihnen kann Wanderungen unternehmen, deren Ausmaß den Strecken gleicht, wie sie Vögel durchmessen. Fast sämtliche Fische sind Räuber; kein einziger Raubfisch verschont die eigene Brut.

Viele Fische sind gepanzert und furchtbar bewehrt, und werden sie dennoch gefressen. Den Panzer zermalmt, die Dornen zerbricht, die Zacken stumpft das Gebiß eines Mächtigeren. Ein ewiges Räubertum ohne Gnade ist das Leben der Fische. Nicht nur der gewaltige Hai wird großen Tieren, zum Beispiel den Menschen, verderblich. Auch zwerghafte Fische gefährden das Leben des Erdenbeherrschers, indem sie ihm Fetzen auf Fetzen aus seinem Leibe entreißen, ihn zu entfleischen, wenn er sich ihrer Gewalt nicht entzieht. Der ewige, endlose Krieg zeigt sich am deutlichsten in den Gewässern der Meere.

Diana. Im letzten Schuljahr saß sie eines Tags in der vorletzten Bank der Mittelreihe, fünf Wochen nach Schulanfang und hatte nichts nachgeschrieben. Auf Fragen der Lehrerin blickte sie schweigend, ein wenig spöttisch auf, ohne sich zu erheben, sie war dreist, das war am ersten Tag noch nicht zu erkennen, nicht für B., und am ersten Tag trat B. in der Pause auf die Neue zu und bot ihr die Freundschaft an.

Schwarzes, in der Mitte gescheiteltes, schwer herabfallendes Haar, das mit sehr feinen Härchen in die niedere Stirn hereinwuchs, eine gerade, fast griechische Nase mit seitlich hochgezogenen Nüstern und einem leicht vorgewölbten, in der Mitte spitz zulaufenden, halb geöffneten Mund über einem tiefen, runden Grübchen am Kinn, hochgewachsen, mit dem Gang eines Knaben und der tiefen, etwas rauh klingenden Stimme eines Knaben. Es hieß, sie kam aus Italien, es hieß, sie hat die italienische Staatsbürgerschaft, ihr Dialekt war streng, zuerst schwer verständlich, doch in der Turnstunde sprang sie höher als alle anderen und fing den Ball in einer antiken Gebärde: Eine Göttin aus dem Meer, in die Berge verirrt, ein Indianer, aus dem Meer, Europa durchwandernd, ein Zarewitsch in geheimer Mission, nein, eine Fee aus Italien, Schauerin der Künste, Hörerin der Töne, Abgesandte der Schönheit.

Sie lächelte warmherzig, war mächtig, groß, unbesiegbar, sie sagte ja, ja. Sie habe keine Eltern, sie sei allein, ihre Mutter war Kellnerin, es sei schwer, jetzt ist sie in den Norden gekommen zu den Verwandten der Mutter, aber sie will wieder zurück. Ihre Stimme ist heiser, ganz leicht, ihr Hals lang und kräftig, sie ist wie ein Bruder, ist schön, ihre Lippen sind dunkelrot und die Nüstern stehen schwarz um die längsgezogene Nasenscheidewand, wodurch die Oberlippe verkürzt scheint, wie die einer griechischen Statue, die Augen liegen schräg unter der nicht hohen Stirn, was nicht stört, sie lächelt, sie ist bald mit vielen befreundet, ihr Lächeln ist kalt, sie glaubt nicht an Freundschaft und hält nichts von B.s Talenten, im Gegenteil, B.s Ambitionen nennt sie Brillieren oder wichtig Tun im Deutschunterrricht. Bald kam die Stunde der Wahrheit, sie schoß B. mit einem mörderischen Ballwurf in der ersten Minute ab, das kam überraschend, nicht einmal die Knaben der Parallelklasse hatten das getan, das heißt B. hatte sich vorgesehen, hatte den Knaben keine Gelegenheit gegeben, wie aber kam es zu diesem Ballwurf, überraschend ins Gesicht und ein zweites Mal an die Brust, schmerzhaft, brutal. Dann darfst du dich nicht hinstellen, wenn du nicht fangen kannst, sagte sie ruhig. Einmal in diesem langen Schuljahr saßen sie im Kurpark auf einer Bank in der Nähe der Bahnlinie, die eine wartete auf den Zug nach Westen, die andere nach Osten zur Heimfahrt. Diana erzählte vom Tod ihres Vaters, sie weinte, kindisch und mit verzerrtem Gesicht, sie rieb sich die Augen und wimmerte leise. Dann, eines Tags das Gespräch über B.s »Herkunft«. Wenn das so ist, und ihr Dialekt klang plump, wird es dir gehen wie ihr. B. wollte nicht glauben, was sie hörte, aber es war so: eine, deren Stimme ihr Herz höher schlagen ließ, deren Anblick ihr die Röte ins Gesicht trieb, deren Nähe sie in einen Zustand von Mangel und unstillbarer Sehnsucht versetzte (ein Spiel, das Vorgefühl eines Spiels, bedrohlich nur einem der Spieler, der steht von

Anfang an fest, kann nicht entfliehen, die Macht des Spiels ist größer als selbst die Regeln des Spiels), diese eine sagte genau das. B. dachte: Hat sie kein Herz?, und das Herz schlug B. bis zum Halse. Sie frug: Wie kamst du darauf. Und die andere: So ist das eben. Sie lächelt, wiederholt den Satz: Das vererbt sich von Mutter auf Tochter.

Sie ist gewöhnlich, sonst könnte sie diese Grenze nicht verletzen, könnte eine vom Schicksal Gezeichnete nicht profanieren. B. dachte »entweihen«, ihr fiel etwas anderes nicht ein. Eine, die sie für »geweiht« hielt (sie dachte »geweiht« und meinte »durch meine Anbetung«, die diese Anbetung nicht will) ist so niedrig, (B. dachte »niedrig« und meinte es so), eine Entfernte, eine durch das, was ist, von allen Schulden Gelöste, Entbundene, in ihre kleine, ungerechte Welt herabzuziehen, grob, phantasielos, der Macht des Gewöhnlichen huldigend. Und B. dachte: Hört das nie auf? Und der Schmerz schnitt tief, und sie hatte die Wahl zu gehen und allein zu sein oder den Bruch zu verzögern und zu wissen: Ich gebe nicht auf, zu suchen die eine Begegnung.

Als Diana zum Jugendamt vorgeladen wird, das Geld abzuholen, das ihre Mutter oder ihr Vater hinterlassen hat, bittet sie B., mit ihr in die Kreisstadt zu fahren aufs Jugendgericht. Eine andere, uninteressante kleine Stadt an der Bahnlinie, wo die Züge, die ganz Europa durchqueren, nicht stehen bleiben. Wie immer auf Ämtern war es auch hier ungemütlich, der Schotter am Bahndamm war ockergelb mit rußigen

Schatten, das Amtsgebäude sah aus wie eine Schule, die Fenster waren höher als die der anderen Häuser. Es dauerte lange, bis Diana wieder aus dem Amtszimmer kam, B. wartete auf dem Gang vor der Tür, die Sonne schien, in dieser Bezirksstadt liebten die Frauen Geranien, die mit dem intensiven Geruch der harten, behaarten Stengel und den vielblütigen Dolden. Die Menschen auf den Balkonen und auf den Straßen waren nicht schön, eher plump.

Sie waren fremd. Weit entfernt von B.s innerem Zustand, von ihren Träumen, Gefühlen, ihrem Atem, ihrem Sinn. Nie würde B. tauschen, mit keiner dieser Frauen getauscht haben wollen, mit ihren Geranien auf den dunkelgebeizten, nach Art der Altvorderen verzierten Balkonen. Kein Buch, keine Sehnsucht, keine Schuld. Die Gewißheit dieser Menschen war nicht die ihre. Nicht ihre Freuden. Hatten sie Freuden? Hatten sie Ängste? Welche Trauer bewegt sie? Kontinente und Ozeane trennen sie von den Bewohnern dieses Tals, dieser Gebirgskette, dieses Landstrichs, dieser Ski-Nation; dieser geräuschvollen Vergessenheitspreiser und Vergangenheitslosen. B. ahnt es und weiß es doch nicht. Sie liebt die Balkone, die ihr nie gehören werden. Der Urahn von Clara hat ein Haus mit solchen Balkonen gekauft, zweistöckig, mit Schindeln und Steinen bedeckt. Dahinter die handgefertigte, künstliche Wasserwand, der Bergbach gezähmt, stürzt in Schleiern zu Tal, von der Wand in die händisch gehöhlten, weißen Leiber der Zirben. Sommers kamen Anna, die Kinder und Mademoiselle, kamen aus Linz, aus Marburg, aus Graz. Wenn die Schwestern von Pius, wenn irgend je sich einmal eine erinnert, dann ist es die Sommerfrische und der Reichtum, die Eleganz, die erwähnt wird. Deine Mutter und Tante Agathe waren verwöhnt, wie man sich das heute nicht mehr vorstellen kann, wurde gesagt. Und B. blickte stumm und und wartete auf eine weitere Erklärung, die nicht kam.

Weit entfernt, wie durch Kontinente mit dazwischen liegenden Ozeanen, war für B. dieser nächste Ort ihrer näheren Wohnstatt, die Kehre des Zuges um diesen oder jenen von den westöstlichen Schienen durchkerbten Hügel hatte das Talrund der Berge verengt, nicht Wiesen breiteten sich hinter dem flachen Bahndamm unter dem Sonnenschein aus, noch lagen Felder breit hinter dem freundlichen Wall des grasbewachsenen Hügels, nah und dunkel ragte ein Fels auf in der hundertjährigen Furche, von der kaiserlichen Bahngesellschaft gepflügt. Durchsägte Klippe vor dem Bullauge des Waggons, den Himmel verdeckend hinauf, dunkel und klein klebten die Hütten an den steilen Hängen, nur dann und wann schnitt ein Pfad in den herbstdunklen Grund, fuhr ein Mensch auf dem Rad neben dem fahrenden Zug und voran, dort in der Ferne voran, durch das Land, durch den Traum, durch die Welt.

Jessica, Heidrun, Alexandra. Jessica mit dem breiten Mund, den blitzenden Augen, Alexandra mit der schönen Stimme, mit dem braunen Haar. Sie saß in der ersten Bank der Mittelreihe, links von der blonden Carmilla. Es war B.s erster Schultag in dieser neuen Schule. Alexandras Stimme war lockend und leise, wie ein Hauch, ihre Sprache gepflegt, ein leichter Wiener Klang, wenn sie sprach, war es wie ein Säuseln des Windes, ein Seufzen, das Haar trug sie in der Mitte gescheitelt, mit zwei winzigen, weißen oder dunkelblauen Schleifchen rechts und links, eine kapriziöse, fremdländische Mode, französisch, erkannte B. Kein Kind dieser Berge wagte solches zu tragen, es sei denn, es trüg,e nicht nur symbolisch, ein Modenhaus hinter sich.

Jessica saß gebückt hinter B. neben Heidrun und aß, das war im zweiten Jahr, alle aßen heimlich und voll Gier, eine freßsüchtige, unaufmerksame, schwatzende, raschelnde Klasse, Jessica war ungläubig, das sagte sie selbst, eine fremde, leuchtende Blüte, der Vater sei ein persischer Diplomat, es hieß, er hole sie täglich mit einem sehr großen Wagen ab. Sie würde nicht bleiben, hieß es oder ahnte das Barbarina, meistens log Jessica, sie war nach kurzer Zeit wieder verschwunden, tauchte danach wieder auf, Jessica sagte nicht, wo sie gewesen und wo sie die Schule besucht hat, es hieß, Jessica war in einem Internat und von dort habe man sie verwiesen. Jessicas Eltern wohnten in einer gemieteten Villa am See.

Alexandra in ihrer ersten Bank war umringt von einer Traube fragender Mädchen, man kam nicht zu ihr vor, sie war der Liebling der Klasse, ihre Haare waren in zwei armdicken Zöpfen zu je vier Strängen geflochten, straff lag das Haar um den schön gerundeten Kopf und schwer wie zwei Taue hingen die Flechten auf das Pult hinter ihr, bist du katholisch, gehst du zu Fronleichnam, nichts dergleichen gefragt, höchstens und wie beiläufig, trägst du das Haar offen, ach das! Milde, wie eine Herrin, der man von den Hunden, dem Rennpferd berichtet, lächelt sie, meine Haare sind eine Plage, meine Großmutter sagt, sie schneidet sie mir bald ab. Was ist das für eine Großmutter? Barbarina macht sich ein Bild von einer, die eine solche Zerstörung überhaupt zu denken wagt und achtet nicht auf die Antwort oder hat keine Antwort erhalten. Es ist das erste Jahr in der neuen Schule, nach dem Sommer mit der Nachhilfe aus Französisch, Barbarina, die neu ist, will wissen, wie es zu dieser schönen Maschenmode kam. Das trägt man jetzt in der französischen Schule, sagte Alexandra mit einem feinen Unterton und wandte sich von der Fragenden ab. Damit war die Grenze gesetzt, und die wenigen Wochen bis zur Eröffnung des Privatgymnasiums im Tal, das nach dem Schläfer im Felsen benannt ist – unweit des berühmten Hauses vom Urahn (das mit der hölzernen Wasserleitung), jenes Haus, das im Krieg von einem hohen deutschen Offizier bewohnt war und nach dem Krieg noch immer –, hat B. nicht viel Erfolg bei Alexandra, der sie nur merkwürdige Antworten über ihre Familie geben kann, Antworten, die Alexandra mit Unglauben, Spott und zuletzt Abneigung aufnimmt.

Bei dem Sägewerksbesitzer, der es wurde im Krieg als hoher deutscher Beamter und Besitzer blieb auch danach, eröffneten sie in einem großen, ehemaligen Wehrmachtsgebäude oder Stall eine Schule für die Kinder der schönen Leute. Dorthin ging die Jugend derer mit Vergangenheit, die man nicht der verzopften Erziehung der katholischen Klöster aussetzen wollte. Diese Privatschule besuchten die Kinder mit Zukunft, wer dort nicht zur Schule ging, war einfach erledigt.

Noch einige Sätze darüber, warum B. so dringend dorthin wollte, obwohl man sie ohnehin geschnitten hätte? Warum Worte verlieren? Ahnte B., ahnte sie nicht, daß sie geschnitten worden wäre? Was hoffte sie? Sie hoffte. Das genügt. Worauf? Auf einen neuen Anfang. Noch stand sie vor dem Anfang. Das war die Zeit der Vorbereitung, das war die Zeit des Lernens, wie man entkam. Wie entkam? Indem man sich wiederfand in den Bildern. Farben Formen Klänge. Was der Mensch kann, was der Mensch weiß, was der Geringste unter den Brüdern weiß (und es ist klar, daß damit auch schwesterliche Brüder gemeint sind). Sich Wissen aneignen, hat Pius immer und immer wieder gesagt.

(Gedanken oder nicht über das Gefühl, sich aufgegeben zu wissen? Sich selbst aufzugeben? Nein, Zorn und Wut als ein starker Impuls: Ich zeig's euch noch, und der Wille, den Gegnern im guten zu gleichen, sie

zu überflügeln. Nein, auch das nicht ganz: Deren Wissensstand erreichen. Wissen ist etwas wie Wasser, wie Luft, ist da für alle, die sich danach bücken, um es aufzuheben. Das Gleichnis der Ähren? Das Gleichnis.)

Wurde Alexandra verabschiedet? Carmilla blieb. Sie erzählte den anderen von Alexandras neuer Schule. B. dachte oft an Alexandra. Sie hätte ihr Profil zeichnen können, nein, sie hätte es nicht können. Eine fein geschwungene Linie, vom Mittelscheitel (das ureigenste Merkmal des bäuerlich Einfachen, fast Derben, hier war er der Inbegriff des städtischen Raffinements). Über die leicht nach oben gebogene, unvergleichlich feine Nase mit zarten, dunkelbraunen Sommersprossen, zum kleinen rosafarbenen Mund, zum zarten Kinn. Diese gewisse Großmutter ahnte nicht, welcher Waldfee sie die Zöpfe flechten durfte. Doch die Waldfee gab sich mit einer plumpen Großmutter zufrieden (gehörte ihr vielleicht der schöne Laden, mitten in der Altstadt?). Das konnte jetzt nicht mehr ergründet werden, mit Alexandras Fortgang war der Strich für immer gezogen, bis auf eine und dann noch eine Begegnung nach Jahren.

Diana. Jessica. Alexandra. Heidrun, die sich allmählich Heide genannt hat. Und all die anderen. Ingeborg aus Wien, die eine schöne Stimme besaß und »Das Veilchen« sang. Die Mutter von Ingeborg, die sich in der Schule immer über ihre Tochter beklagte und sich über deren Gesangskünste lustig machte, die in der Lehrerin mit der Knollennase und den Erinnerungen an den Ersten Weltkrieg eine Komplizin fand. B., die Anteil nahm und Ingeborgs Erzählungen glaubte, die Lehrerin um Hilfe für Ingeborg bat. Die Lehrerin, die in ihrer bemerkenswerten Häßlichkeit nicht einen Funken von Anstand besaß und dieses Gespräch und ihre Meinung dazu an die Mutter weitergab. Nicht ohne B. wegen ihrer frühreifen »Einmischung« mit einer schlechten Betragennote zu drohen. Das Zittern vor den Betragennoten. Ingeborgs Selbstmordabsichten. Der Spott der Lehrerschaft. Das Drohen mit Maßnahmen bis zum Schulausschluß. Die Striemen auf Ingeborgs Armen und Beinen. Das Lied vom »Veilchen«. Ingeborgs Theatralik. Ihr Sitzen in einer Ecke, den Kopf auf die Arme gelegt. Das Theater. Die große theatralische Geste. Die lebensnotwendige Geste. Das Hersagen von Gedichten. Das Dichten von Gedichten. Der Kummer, die Sehnsucht, der Schmerz. Die Gewöhnlichkeit des Personals, die Grobheit der Lehrer, das obszöne Schwelgen und Schwellen der Macht. Die Tierschinder. Die Leuteschinder. Die Sportbesessenen, die Schinder der Sportler, aber das wußte man damals noch nicht. Sportkanonen. Skikanonen. Schneekanonen. Landschaftszerstörungskanonen. Skischulbesitzer, Sesselliftbesitzer, Fremdenverkehrsbürobesitzer. Milchbar. Fünfuhrtee. Enteigner. Zwangsversteigerer, Schätzmeister, Baumeister. Verschwörer. Lügner, Intriganten. Arisierer. Nach dem Krieg hier geblieben. Im fetten und im trockenen. Im fetten und im trockenen. Aber das ahnten damals nur die Kinder, die Knechte, die Mägde.

Ärzte. Die schielenden Blicke der Ärzte. Der Basiliskenblick der Ärztinnen und Ärzte. Das sahen damals wie heute nur die Kinder. Die lederne Haut der Sonnenanbeterinnen. Die lederne Haut der Mutter Ingeborgs, die sich fast täglich über ihre Tochter beklagt hat, sie eine affektierte Gans nannte, der sie niemals (sie sagte *auf keinen Fall*) Gesangsunterricht erteilen lassen würde. Ingeborg, die davon träumte, davonzulaufen, dann aber doch nicht davonlief, als B. sagte: Komm mit, wir fliehen. Und dann die Flucht B. s, die lange Landstraße entlang und die Landung auf dem Bahnhof und dann bei Tante Helene und die beschämende Heimkehr. Und dann die Angst vor der Schulbehörde. Die angsteinflößende Schulbehörde wie in der Nazizeit. Aber das wußten damals nur die Kinder, die Erwachsenen alle haben die Kinder verraten, indem sie die Kinder den alten Nazis im neuen Gewand überließen, ihnen auslieferten. Heimkehrer, Rückkehrer und Überlebende: Sie scherten sich einen Dreck um die Nöte der Kinder. Wiederaufbauer. Wiederauflauerer. Lügner, Zerstörer, Verschwörer. Kinderbetrüger. Kinderbelüger: *Schande über Euch*.

Suaheli kommt aus dem Arabischen. *Suaheli*, die aus einer Vermischung von Bantu und Arabern entstandene Bevölkerung der Küstengebiete Südostafrikas. Ihre Sprache ist das *Kisuaheli*, eine weit verbreitete Verkehrssprache in Ostafrika. *Kisuaheli* ist ein Küstenidiom. Kaum eine Million der städtischen Bewohner in den Küstenstädten und der Insel Sansibar … als Muttersprache … Kenya, Uganda, Moçambique, Nyassaland, Rhodesien, Östlich Kongo (Katanya) … Verkehrssprache … Tanganjika …

kapu, Korb; dogo, klein; le, jener; potea, verlorengehen; numa, kaufen; ki (intervokal) Akkusativ; ni, ich; li bezeichnet ein Imperfekt; me, Perfekt; ki, das Ding; kapu, der Korb; ki le, jener; ki dogo, kleine; ni li cho, ich; ki numa, das Ding kaufen; ki me potea, das Ding verloren. *kikapu kile kidogo nilicho kinuma kimepotea.* Verba enden auf »a«. Konjugation verändert den Verbalstamm nicht. Plural ist durch Präfixwechsel gekennzeichnet. ki/wi Wechsel. ki-kapu ist siebente Klasse. Diminutivklasse, Dinge, Werkzeuge. wi-kapu ist achte Klasse, Plural von sieben.

Ich möchte jenen kleinen Korb kaufen, meiner ist verloren. Ich möchte jenen kleinen Korb, da ich einen verloren habe, kaufen. Den Korb da, den kleinen, kaufe ich, einer ging verloren. Jenen kleinen Korb kaufe ich, da meiner verlorengegangen ist.

Alexandra im ersten Jahr, also in der zweiten Klasse. Jessica im zweiten Jahr, also in der dritten Klasse. Diana im dritten Jahr, also in der vierten Klasse. Heidrun, die sich später Heide nannte, von der ersten bis zur letzten Klasse und dann noch drei Jahre. Elf Jahre. Wer hätte das gedacht. Alexandra in der zweiten Klasse Hauptschule. Jessica in der dritten Klasse Hauptschule. Diana in der vierten Klasse Hauptschule. Heidrun-Heide von der ersten Klasse Volksschule bis zur vierten Klasse Hauptschule und dann noch drei Jahre Berufsschule. Wer hätte das gedacht.

Im Spital, auf halber Strecke zwischen der eleganten Wintersportstadt und der Landeshauptstadt gelegen, lag sie und sagte kaum etwas. Sie saßen an ihrem Bett, und sie schwieg. B. fragte und bekam keine Antwort. Das Gesicht war eiförmig oder birnenförmig oder? – oder totenkopfförmig. Wer hätte das gedacht. Zwei Mädchen aus Heidruns Freundeskreis, zwei Feindinnen, Erfinderinnen von Untaten Barbarinas. Einmal lief B. auf dem Randstein des Trottoirs unter den Friedhofskastanien leise summend ostwärts oder in Richtung Winkel, *hinaus*, wie gesagt ward. Da kam ihr die eine, sie war zwei Jahre älter und hatte einen Vater, älter als Pius, ein Greis, vor dem man sich fürchtete, sie hieß Ingrid und kam B. auf dem Randstein westwärts oder in Richtung Hauptplatz oder *hinein*, wie gesagt ward, entgegen. Ach, die ist das, sagte sie und schlug B. blitzschnell mit der weiß behandschuhten linken Hand auf die rechte Wange und ging weiter. Warum? Was? Wie kamen einem solche Einfälle? Jetzt, auf dieser Reise per Auto-Stop, fragt B.: Warum hast du das damals getan? Du warst mir unsympathisch, sagt die andere und kichert, und B. weiß genau, daß es noch immer so ist.

Ingrid drängt B. und das dritte Mädchen, doch in die Stadt spazierenzugehen. Wir gehen spazieren sagen die drei und lassen die Kranke mit dem großen Gesicht mit irgendwelchen Schokoladen oder Kaugummi zurück. Wir kommen wieder, sagen sie. Dann trieben sie sich in der Stadt herum. B. und zwei gewöhnliche Mädchen. Ergibt drei gewöhnliche Mädchen. Kichern aufgeregt, als ihnen die drei Soldaten in dem großen Cadillac folgen. B., das gewöhnliche Mädchen, kichert nicht mehr, als die Soldaten sie zu einer Spazierfahrt einladen. Was soll denn passieren? B. fragt die Soldaten, wo sie stationiert sind, in Bayern natürlich. Sie wollen zu einem Tanzcafé mit den Mädchen. Die Mädchen haben Angst, daß sie kontrolliert werden, weil sie noch lange nicht sechzehn sind. Es ist erst zwei Uhr Nachmittag, da wird nicht kontrolliert. Wir müssen doch zurück zu Heidrun, die jetzt Heide heißt. Ach was, später. Wir gehen da hin, schaun, wie das ausschaut. Nein, zuerst sagen wir Heide adieu. Sie fahren mit dem Cadillac vor. Heide kann das leider nicht sehen. Wir haben einen Amerikaner *aufgerissen.* Die gewöhnlichen Mädchen drücken sich gewöhnlich aus. Heide sagt nichts, sie liegt noch immer auf dem Rücken und hat Tränen. Ja, Tränen. Sie gibt allen die Hand. B. hat nicht einmal eine Ahnung, daß diese Tränen irgendetwas mit ihr zu tun haben. Heidrun ist ohnehin viel lieber mit anderen zusammen als mit B. Sie steigen schwatzend und kichernd in das Auto. Der Fahrer will erneut wissen, wie die Mädels heißen. B. will es sagen, doch Ingrid sagt etwas Ordinäres, das witzig sein soll. Der Fahrer sagt zu B., das ist ein blödes Kuh, your friend, und B. erschrickt und schämt sich. Der Tanztee ist schon fast zu Ende, es ist düster in dem Lokal und niemand fordert B. zum Tanz oder zum Gespräch auf. Sie hat ihre Brille versteckt und sieht alles nur noch verschwommen. Sie geht hinaus vor das Lokal und setzt sich in den riesigen Wagen und möchte verschwinden aus diesem Nachmittag. Wie kommen sie wieder nach Hause? Die Wagentür wird geöffnet. Der eine der drei, der noch kein Wort gesagt hat, setzt sich schweigend neben B. Fragt, was sie hat. B. sagt etwas, das stammelnd von Verlassenheit tönt. Was macht der Blonde? Er knöpft seine Hose auf. Was macht B. ? Zuerst weiß sie nicht, was geschieht, weil die Brille noch immer in der Handtasche liegt, die auf dem Rücksitz neben ihr liegt, weil einfach alle gegen Brillen sind. Und dann? Dann legt B. ihre Arme um den Hals eines Blonden, Uniformierten, von dem eine Kälte ausgeht, die unheimlich ist. Nach der ersten Überraschung, der das Gefühl großer Traurigkeit und Hilflosigkeit folgt, die sie zu verbergen sucht, hofft sie, davonzukommen, irgendwie. Sie hatte keine Hilfe, nur Schwierigkeiten mit fremden und heimischen Uniformierten zu erwarten. Was jetzt? B. hat sich in diese Lage begeben. Hat sie das? Irgendwie ja. Irgendetwas geht von ihr aus, das diese Lagen herbeiführt. Jetzt heißt es, die Suppe auslöffeln. Im Innersten ging es wieder einmal um Fairneß. Ruhig Blut. Das Spiel war nicht fair. Und doch kann man als Verlierer selbst fair sein und hoffen, davonzukommen. So ist das, in diesem Heartbreak Hotel, *I'm gettin' so lonely, I could die.*

Als die anderen kamen, knöpfte er sich gerade die Hose wieder zu. B. war vor Angst und Scham wie benommen, redete auf der Heimfahrt kein Wort. Leugnete später alles, was von ihr gesagt wurde. Scherte sich nicht mehr darum, tat wenigstens so, bildete sich ein, alles geträumt zu haben. Hatte genug von lustigen Abenteuern, wußte nun, manchen Menschen verkehren sich lustige Abenteuer stets in ihr unschönes Gegenteil, und war auch das keine Neuigkeit.

Suaheli. In den Klassen sieben und acht sind Präfix und Pronomen identisch. Neun und zehn haben kein unterschiedenes Präfix. Drei und elf kontaminiert (mzuri). Zwölf ist die nominale Klasse. ku-imba ku-le kuzuri ku-me-ni-pendeza. Das Singen, jenes schöne, hat mir gefallen. Insgesamt sind in den Bantu-Sprachen dreiundzwanzig Klassen belegt. Uganda ist u-ganda. ganda ist Land. Klasse elf bezeichnet Länder. Deutschland, u-datschi. Klasse sieben: Dinge, Art und Weise. In Kisuaheli bezeichnet aber Klasse sieben (nicht elf) Länder. *Kisuaheli* sagt: wa-ganda sprechen ki-ganda und leben in u-ganda. *Uganda* sagt: baganda sprechen ke-ganda und leben in bu-ganda.

Klassen umfassen Bedeutungsgruppen. Klasse eins, lebende Wesen, Personen, Singular. Klasse zwei, lebende Wesen, Personen, Plural. Klasse drei, Bäume, Holzgegenstände, Geister, Gott ist mungu. Klasse vier, deren Plural. Klasse fünf, paarweise vorhandene Körperteile, Augmentativklasse. Klasse sechs, plurale tantum. Kollektivplural (Dual) der fünften Klasse. Flüssigkeiten. ma-ji, Wasser. Klasse sieben, wie gesagt Dinge, Werkzeuge Diminutivklasse. Klasse acht: Plural von sieben, Adverbialklasse, vi-zuri, schön. Klasse neun, Tiere, Klasse zehn, deren Plural, Klasse elf, Abstrakta: u-huru u-le ni-zuri ni-li-io-u-taka u-me-nipendeza. Die Freiheit, jene schöne, die ich wünsche, hat mir gefallen. u-toto, Kindheit (Abstrakta). n-dega, Vogel; n-gami, Kamel. Suaheli personifiziert die Tiere und behandelt sie in der Konkordanz nach den Klassen eins und zwei. m'toto iu-le m'zuri ni-li-ie m'waana a-me-cheza: Das Kind, jenes schöne, ich sehe es spielen: Bei Regen, bei Regen, bei Regen. ku-nya: Tropfen wie Regen, wie Wasser.

Sommerregen. Mit einer weiten Pelerine und mit Korkschuhen, weiße Sommerschuhe mit hohen Plateausohlen aus Kork, über die menschenleere asphaltierte Straße gehen und den Regen erwarten, am Abend. Die kühle Luft kommt von der grünen Ache her, die Korksohle knirscht leise auf dem gewalzten Seitenweg. Dann fängt der erdige Pfad an, mit den grasbewachsenen Furchen. Hier kippt der Fuß auf Kothurnen. Also zurück, es kommt immer schwärzer vom Wetterwinkel her. Unter Kastanien bleibt der Fuß trocken, obwohl, auch die Brücke ist überdacht, die Brücke, die die Wehrmacht gesprengt hat und die dann von den Amerikanern wie im Urwald aufgezogen wurde. Jetzt ist sie stabil mit Brückendach und mit Stufen und Pfeilern aus Holz. Hier lassen sich Nachrichten hinterlegen. Drei Zündhölzer, so, in diese Ritze gesteckt. Zwei eng beisammen, eins weiter entfernt. Horch, es tropft. Der Zaun! Im Haupthaus ist noch kein Licht zu sehen und hier, im sogenannten Stall, ist jetzt niemand, auch nicht in der Werkstatt vorne. Immer sind Tore einmal offen, einmal versperrt. Eine Bauersfrau auf dem Fahrrad, gebückt und das Kopftuch wie ein Dach über die Stirn gebunden. Sie blickt kaum herüber, wer da unter Kastanien wartet, ehe der große Regen fällt, berührt sie nicht, sie eilt zum Füttern nach Hause oder das Heu einzubringen oder ist sie keine wirkliche Bäuerin mehr, hat eine andere Pflicht.

Jetzt! Der Regen trommelt stärker auf das Laubdach, der Weg ist schon dunkel geworden vom Regen, das Rund noch hell, wo sie steht, unter der Krone und draußen rechts, läuft die Straße. Die faszinierende Oberdorfstraße, in fast jedem Haus wohnt eine Figur aus dem Spiel: Die fromme Herta. Ida, die bei B.s Verwandten in die Lehre ging und jetzt in der Genossenschaft arbeitet und die einen Bruder hat. Der Bruder, der schüchtern ist, aber auch feige und sich heraushielt, wenn die Oberdörfler über Barbarina herfielen. Der kleine blonde Nazi im Haus gegenüber den Reichen, den Dorfkönigen, den Sagenhaften, denen Berg und Tal gehört: Die mit den inneren und äußeren Talverwandtschaften, die mit den drei heiratsfähigen

Söhnen, die, von denen immer und jederzeit geredet wird.

Jetzt ist er da! Es gießt, einen warmen, heftigen Sommerregen gießt es herab, die Straße steht schon unter Wasser, ein großes, schwarzes, glänzendes Band. Jetzt geht sie mit der sehr langen, dunkelblauen Pelerine, mit dem roten Passepoil an den Schlitzen und um die Knopfleiste, geht auf den acht Zentimeter hohen Korkschuhen ohne Schirm durch das Dorf im Regen, keine Abkürzung, nein, die asphaltierte Straße entlang und an der Kirche und den zwei Friedhöfen vorbei, am Sankt Georg in der Friedhofsmauer vorbei, zum Bahnhof hinaus, wo der französische, russische Zwangsarbeiter geschaufelt hat, vor Jahr und Tag: jetzt ist Regen ist Regen ist Regen und sie ist schon beinahe erwachsen und es dauert nur noch ein Jahr und dann und dann, im Regen, im Regen, auf Wegen, die sich nach oben bewegen, jetzt ist der Bahnhofshügel erreicht, kein Zug fährt, die Fahrdienstleitung ist neu aber schon vergeben, ein Mann mit Hund geht durch den Wartesaal, natürlich Schäfer, die Tür quietscht in den Angeln, sie fällt zu, natürlich fällt sie zu, seit Jahr und Tag hinter ihr zu, also gut, zurück, und jetzt die Schuhe ausziehen, die großen Lacken sind schon da, kaum ein Auto unterwegs, sie hat Glück, und watet mit braunen nackten Füßen und Beinen auf fast seidigem, schwarzem Asphalt und bis tief zu den Waden ins Wasser hinein, und dort wieder heraus und die Zehen sind wunderbar kalt, und das

Wasser ist nicht schmutzig, und es wird nie mehr so einen Abend geben, nie mehr, der Himmel klart auf, jetzt die Biegung in die Siedlung, sie hat gesagt, sie bleibt nur kurz fort und hat wieder ihr Wort nicht gehalten, wollte es nicht, sie darf ohnehin nichts, jemand ruft einen Gruß, ach der, wie nett, schade, daß es nicht der oder der ist, zu Hause wird ausnahmsweise nicht gebrüllt oder getobt, sie wird sogar gefragt, ob sie naß geworden ist, ja, sie hat sich die Pelerine ausgeliehen, doch auch das wird diesmal toleriert, und auf ihren Wunsch wird ihr eine eng anliegende Kappe genäht oder Kapuze, wie gesagt wird, am liebsten würde sie sie geschlossen mit Sehschlitzen tragen, und beim nächsten Mal trug sie diese merkwürdig angeschnittene Haube mit Kragen, die man über den Kopf ziehen mußte, wie ein Schildknappe, doch das war wieder so auffallend, außerdem war dann die Pelerine nicht mehr erlaubt, und die Korkschuhe waren auch wieder in die Schweiz zurückgenommen worden, und mit den anderen Sandalen, oder war der Regen nicht mehr so warm oder waren die kommenden Ängste zu groß … größer als der Regen, der Regen, der Regen.

Friedrich, sein Bruder, seine Mutter. Die verachtungsvoll über sie hinwegsieht und den Gruß nicht erwidert. Die aber ein so schönes Gesicht hat, daß B. sie immerzu ansehen möchte. Die blauschwarzen Haare, die gelbliche Gesichtsfarbe, die feine, fast scharf geschnittene Nase. Die ihre Söhne mit der

Peitsche bedroht hat, was B. sofort als Lüge abtut und zugleich höchst theatralisch vor sich sieht. Denn eine Mutter wird nicht wirklich so ... etwas ... tun ... wo wären denn jetzt die Söhne ? Söhne würden sich so etwas niemals bieten lassen! B., wäre sie ein Sohn – mindestens ein Königssohn – würde das sofort verbieten. Diese Geschichte ist schon deshalb nicht glaubwürdig, weil sie mit bewunderndem Unterton von der Stiefmutter Claras erzählt wird; die sonst, wie an den meisten Menschen, auch an Friedrichs Mutter, kein gutes Haar läßt. Als B. Friedrich auf der Schattbergstraße nach dieser Geschichte fragt, lächelt er ironisch: Meine Mutter konnte sich gar nicht wehren gegen uns, Frauen allein sind zu schwach für Söhne, findest du nicht? B. hört verwundert zu. Meint er mich? Ich will gar kein Sohn sein. Was weiß er denn von Clara? Warum sagt jemand, den ich schön wie einen Engel sehe, so etwas? Und sie sieht ein Bild, im Gegenlicht, vor sich, als sie klein war, mit Pius in das Haus seines Bruders, das seiner Schwester gehört, unterwegs, wo die Frau, eine Witwe, mit den beiden Söhnen wohnte, die Frau, die B. damals so freundlich grüßte, und Friedrich, Friedrich war das, er ging ganz langsam die Treppe vor B. hinauf, eine Weichholztreppe mit einem handgewebten, bäuerlichen Läufer belegt, nicht mit rotem Kokos, wie es Barbarina gewöhnt ist, er drückte sich ängstlich am Geländer entlang, und die Mutter stand wie ein Erzengel im Türrahmen, sie trug einen Arbeitsanzug wie ein Mann, und das Gewerbe ihres im Krieg gefallenen Mannes übte sie mit Nachsicht der Behörde aus, aber sie war aus der Kirche ausgetreten und das bedeutete, daß sie (unmöglich!) in der Zeit der Nazi ausgetreten war und daher … und zu dem fast kriechenden Knaben mit den schwarzen Locken sagte sie mit leiser, eiskalter Stimme: Komm sofort herauf, und der große Knabe sagte mit zitternder Stimme: Ich komme und kroch (tapfer? hündisch?) seiner Mutter entgegen (eine umgekehrte Vertreibung!) die, Barbarina sah es im Gegenlicht, in der linken Hand einen gebündelten Strick hielt, und Pius fuhr B., die zum Schutz des fremden Knaben stehenbleiben und eine Untat verhindern wollte, barsch an, sofort weiterzugehen, und das sagte sie Friedrich jetzt nicht, denn erstens war die Kreuzung des äußeren Stadttores, wo sie ihren Arbeitsplatz hatte, erreicht und zweitens war Friedrich erwachsen und hatte wie alle hier beheimateten Leute ein schwaches Gedächtnis und vielleicht würde er auch das noch gutheißen, diese Szene mit seiner Mutter, fürchtete B., zugleich aber kannte und liebte er diese Gedichte und diese Bücher, *Aus dem Leben eines Taugenichts*, das er ihr dann zu Weihnachten überreicht hat, mit einer kleinen spöttischen Bemerkung, die sofort alle Hoffnung zerstörte, und als ihre Abreise nach England immer näher kam, lud er Herta und B. in das neue Haus ein, das er mit seiner Mutter und deren Lebensgefährten bewohnte, und als er dieses Langgedicht vom Cornet zu lesen begann, verhüllte B. ihr Gesicht, damit beide nicht sahen, wie diese Worte ihre Seele berührten, wie Friedrichs Hochmut, der zu weit ging, ihr ins Herz schnitt.

Wie sehr schmerzte es sie, daß sie nicht für immer, gleichsam als Beruf, ausschließlich solche Bücher lesen durfte, sie würde diese Stellen wieder und wieder gelesen haben, laut, halblaut, sie besaß nicht das Geld, solch ein wunderbares Buch zu kaufen, in dieser Gebirgsstadt war das auch nicht möglich, dazu mußte man mit dem Zug in die Landeshauptstadt fahren, wo sie demnächst diese Abschlußprüfung machen wird, dieses oder nächstes Jahr, mit Leuten, die keine Ahnung haben, was *der von Langenau denkt*, die in Wutgeschrei ausbrechen, wenn von *edlen Gefühlen* die Rede ist, die für Liebe nur Spott oder die Verdammnis der Hölle bereithalten. Immer denkt B. an Clarisse, die gewiss die edelsten Gefühle gehegt hat und der diese als böse ausgelegt wurden, selbst von der eigenen Familie, das mußte B. widerstrebend erkennen, wenngleich sie als einen der Gründe dieser Umkehrung den Krieg als Ursache aller, auch der familiären, Grausamkeiten zu nennen gelernt hat.

Nächste Stichworte: nächtliche Wanderungen durchs Dorf, zu verschiedenen Treffpunkten, und auch allein und vor das Fenster von Friedrich – die Freundschaft mit Heidrun, der Kampf um ihre Zuneigung, Heidruns Ablehnung von B.s Liebhabern, B.s Bereitschaft, diese aufzugeben für Heide. Der Ort ist in Dunkel gehüllt, nein, ist hell, ist erleuchtet, die Berge sind in

Dunkel gehüllt. Nur die verschiedenen Häuser und Hütten, das sind Gaststätten an den Hängen, sind noch als kleine Lichtsignale zu sehen. Ein Bild des Friedens und der Geborgenheit, für die, so dort wohnen. Falsch. Alles falsch.

Das Wandern durch das Spätsommer-Dorf. Durch das Frühherbst-Dorf, die Straßen sind leer, nur dann und wann ein Gefährt, ein Auto, ein Fuhrwerk, ein Fahrrad, ein schweres Motorrad. Die Ställe hinter den schwerreichen Gasthäusern, will sagen Häuser der Reichen, die Beschreibung der verschiedenen Gasthäuser. Eines davon, das älteste, wird von einer jungen Frau geführt, die sehr freundlich zu B. ist. Nie wird B. wirklich wissen, welch geheime Verbindung zwischen ihrer und der Familie dieses Gasthauses besteht. Es ist das einzige, das Pius betritt und, wenn die weitum verstreute Verwandtschaft an ein Totenbett strömt und dann einen Toten begräbt, dann kommen zum Mahle sie in diesem Gasthaus zusammen, das auf alten, sehr hohen Grundmauern steht. Weit über den Platz sieht man von der Stube, der schmalen Terrasse aus, hin. Die junge Wirtin hat eine alte, sehr feine Mutter und einen jüngeren Halbbruder. Im Dorf wird er verlacht, weil er sanft ist. Seine Bewegungen sind gehemmt, hochgewachsen ist er und schlank, sein Gesicht trägt schöne, regelmäßige Züge. Bleich und ein wenig fanatisch oder mönchisch ist der Ausdruck in seinem Gesicht, doch die Augen sind tiefblau und umrahmt von dunkelblonden, sehr dichten Wimpern. Es heißt, er wird das Gasthaus niemals besitzen, denn es zu führen ist er, halb idiotisch, das heißt ohne Frauen, nicht in der Lage. Andere sagen, es handle sich um das Erbrecht, sei eine Sache der ersten und der zweiten Ehe der Witwe.

Nach dem Hochamt scharen die Gebirgler sich auf dem Platz unter der Terrasse, hören auf die Verlautbarungen der Gemeinde, einer der Ihren ruft ihnen die Termine vom Blatt wie von alters her zu, dicht gedrängt stehen die Männer, Loden an Loden, Filz an Filz. Im Winter dampft der Platz vom Mundhauch der Männer und dem Rauch aus den Pfeifen. Wer durch diese Männermenge hindurch will, muß stoßen und drängen. Barbarina als Kind schon drängte und stieß mit Vergnügen, es lag wie ein Summen, ein Rauschen über dem Platz, bis die Glocken das Ende der Messe verkünden und die Orgeltöne bei jedem Öffnen der Kirchtür lauter und leiser rieseln über den Kiesweg, über die ausgetretenen, steinernen Platten. Jetzt kommen schon die ersten Kirchgänger heraus, setzen den Hut auf, treten zu den andern, die Kinder warten am Eingang auf die nächste, dem Hochamt folgende Messe, die Frauen strömen zu den Gräbern, grüßen einander über die Gräber hinweg oder schweigen sich feindselig an. Es ist keine Gästezeit, keine Fremden sind in der Kirche zu sehen, der Chor hat wieder so schön oder so häßlich gesungen, Ida singt im Chor, sie singt einen sehr schönen Alt, Barbarina wartet auf Ida, um ihr zu sagen, wie schön sie gesungen, was du nicht sagst, Ida errötet, sie trägt die schöne, glänzende Festtracht, die Barbarina auch gerne trüge, doch das paßt nicht, das würde ihr nie erlaubt. Der Sohn des Gasthauses am Eck, er heißt Georg, geht schüchtern an ihnen vorbei, nein, er ist gar nicht schüchtern, er grüßt nicht nur B., er grüßt auch Ida und sie errötet schon wieder, ein anständiger Bursche, sagt sie, er hat keine Mädchen. Das sieht ihr ähnlich, denkt B., aber sie ist froh, daß Ida freundlich spricht über Georg, diesen Betreuer der Rinder. Denn er betreut das Vieh des Hauses im entfernten Gut in dem Weiler, eine halbe Stunde mit dem Fahrrad dorthin, B. war schon zu Besuch, diesen Sommer ist sie oft zu Georg hinüber gefahren, betritt den Stall, tut kundig über Viehzucht, Milchertrag und was noch, gibt wieder, was ihr Marianne, die dritte Schwester des Mannes, zu diesem Thema erzählt hat.

(Und die Aquarien?)

Marianne will Veterinär studieren oder interessiert sich für Veterinärmedizin, denn sie ist in den Sohn aus einer der ältesten Familien verliebt, der nur nach dem Hausnamen benannt und bekannt ist. Die Mutter der drei heiratsfähigen Söhne im Oberdorf stammt auch von dort, wo der Name wohnt, wie ein Tal, eine Hügelkette, eine Landschaft; wenngleich sie nicht mehr nach dem Hausnamen, sondern nach der weiblichen Form des Nachnamens ihres Ehemannes benannt wird.

Zu klärende Fragen, Fragen der Fragen: *Paradoxa:* alt/jung, schön/weise; häßlich/liebenswert; weiblich/klug; Mädchen/gelehrt; Dame/liebend, begehrlich (geil?); feminin/Jünglingin.

Greisin und Mädchen: Verbindung zwischen Jugend und Alter. Wechsel zwischen beiden. Sibyllen, Schutzgeister, Dämonen, Heilsbringer. Kunst. Münzwesen, Mönchsvisionen. Boëtius: Philosophie als jugendkräftige Greisin. Alan: *De planctu naturae:* Das altjunge Weib. Homer: Zwietracht. Vergil: Fama. Balzac: *Jésus Christ en Flandre,* 1831.

Knabe und Greis: Ovid: Mannesreife und Jugend: Himmelsgabe für Halbgötter; *puer senex, puer senilis* und »Greis als Knabe«; Vulgata: *cani sunt sensus homini.* Lao-Tse: altes Kind (nach Ernst Robert Curtius).

Daß einem 12. August der 13. folgte, daß es unerträglich war, daß die Grenze zwischen 12. und 13. geöffnet ward und der Schlagbaum der Zeit gehoben und wieder gehoben, daß das Bild zerrann unaufhörlich in der Pupille.

daß sie versuchte zu sagen, was man doch nicht ausdrücken konnte, daß es keine Trennung hatte geben dürfen, daß kein Wiedersehen die vorangegangene Trennung ungeschehen machte, daß jedes Sehen ein Nicht-mehr-Sehen enthielt, daß jeder Begegnung der Abschied innewohnte, daß jeder Abschied eine Unge-

heuerlichkeit und eine Gewalt bedeutete, eine Vernichtung (Aufhebung) der Dinge und eine Sünde wider die Ordnung, die nur die Ruhe war (eine Grasbuchtung, ein Meereswogen über den Feldern, ein Hitzeflimmern am Rande einer Wiese, einer Hütte); daß sie sich eines Tags an die Trauer gewöhnt haben würde, daß sie wohnte in der Gewöhnung, sich gewöhnlich eingerichtet hatte im Wohnen des Todes

Albatros. Kormoran, der Falke des Meeres. Möwen. (Luchs/Wolf); Seeverkehr, Luftverkehr, Wasserfahrt, Meer. Luft, Niederschlag, Wind, Insel. Blau.

Spanien hätte es lieber gesehen, wenn Amerika Kuba annektiert hätte, denn dies wäre eine bessere Bürgschaft für Leben und Eigentum der in Kuba ansässigen Spanier gewesen. (Hudson Strode: *Kampf um Kuba*). Santiago: lachstönige, rosige, gelbe, violette Schattierungen; terracottabraun; grüne Vierecke der Patios. José Martí: … *denkt daran, auch hier werden Schurken versuchen, die Politik zu verseuchen, wie sie es auf der ganzen Welt tun.* (Hudson Strode.)

Nichts trauriger finden als ungesagte Worte der Güte. Was ist Güte? Güte ist gut sein. Ich bin dir gut sein. Sodaß sie es oft zu diesen Handlungen kommen lassen wollte, um diese Worte sagen, wenn schon nicht hören zu können.

Wind: Mit dem Jäger im Wind liegen. Aus dem Wald kam sie und schlich um das Haus, strich um den

Strauch, die Füchsin blickte übern Zaun, es war Wind, der Bruder des Blonden hatte sehr dunkles Haar, seine Lippen wie dunkle Himbeeren, eine dunkle Himbeere war sein Mund wie der Wind, es legt sich die Füchsin ins Moor, ins Moos, in den Wind, wo die Füchse gefangen sind, er sagte: Du wirst doch gefangen sein, wirst nicht entkommen, ihr Füchse seid mager, ihr Füchse, sagt er, wie der Wind. Sagte die Füchsin: Ich mag nicht den Wind, nicht den Wind, wo die Füchse gefangen sind, im Wind, wie der Wind. Und sagte das Füchslein, das Füchslein so klein: Eines Tages zeig ich es Dir, Du wirst staunen, doch der Jäger legte das Füchslein unter einen Baum, das Haupt lag auf einer knorrigen, moosigen Wurzel. Er legte den Hut (ein richtiger *Jagahuad*), mit der verdammt scharfen Spielhahnfeder, ganz klein war sie, die Feder, neben sich unters Laub, ins Gesträuch, *i' d'Moosbee'*. Sein Gesicht war dunkel, die Haut war satt und gebräunt, der Wind strich durchs Haar des Jägers, das Füchslein sagte: *der Wind, der!* sagt *der Jaga: Was is'? Magst kein' Wind? I mag nix liaba als den Wind, den Wind da, den Wind!* Und er strich sich mit der Hand über die Stirn das dunkle Haar aus der Stirn und fuhr sich mit seiner schönen Zunge ein wenig über die Lippen, mit der roten Zunge über die dunklen Lippen, die roten, und der Wind strich aus seinen Nüstern über die zarten Lippenhärchen des Füchsleins, und es lag da unter dem Jäger und über der Wurzel und sagte: Aber doch, eines Tages, Ihr werdet Euch wundern! Sagte der Jäger: Ein *Jaga, schee' wia da Wind!* Das sagen sie alle! Und dann fraß er das Füchslein, war dabei gar nicht sehr aufmerksam, denn er sah auf die Uhr und sagte: Der Graf wartet schon, der darf das nicht wissen, daß ich im Wald seine Füchs' *jagan tua*. Und dann kam ein großes Wetter auf, und der Jager nahm seinen Wetterfleck und den Hut vom Moos, von den Beeren. Dann stapfte er talwärts, der Jager, im Wind, wie die Jager so sind.

Wind: Wind. Luftströmung. Luftstrom, Atem. Einatmung, Ausatmung, Seufzer. Windrichtung. Nordwind. Boreas. Tramontana, Ostwind. Passat. Südwind, Südwestwind, Zephir, Schirokko (scirocco). Westwind, Nordwestwind. Mistral. Monsun. Seewind, Landwind, Segelwind. Gegenwind, Aufwind, Fallwind, Föhn. Windstärke, Windstille, Luftzug. Lufthauch, Hauch. Brise, Windstoß, Bö. Gewitterbö, Windsbraut, Luftwirbel, Wirbelwind, Wirbelsturm, Zyklon, Tornado, Taifun. Sturmwind, Unwetter, Orkan. Hurrikan, Sandsturm, Samum (Swakopmund: Die Stadt im Sande). Schneesturm, Herbststurm, Wintersturm; windig, luftig, böig, zugig, frisch; fächeln fächern zuwehen lüften; atmen, hauchen. Einatmen, ausatmen; aushauchen, aus ...

Land: Land Erde Erdboden; festes Land, Erdreich, Festland, Kontinent, Eiland, Gegend, Landbesitz. Grund, Scholle, Boden, Erdscholle, Krume, Bodengestalt. Sumpf. Sumpfland, Moor. Torfmoor. Fenne, Moos, Ried, Luch. Brühl, Bruch, Auwald. Moorboden, Schwemmland, Ödland, Heide, Wildnis.

Marsch; verlanden, versumpfen, vermooren – im Sumpf stecken bleiben.

Insel: Insel. Eiland. Hallig. Holm. Wert, Werder, Au. Schäre, Klippe, Felseneiland. Riff, Korallenriff. Atoll. Inselgruppe, Archipel. Sporaden, Kykladen, Zykladen, Sandbank. Barre, Sand, Düne, Nehrung. Halbinsel. Eisscholle, Treibeis, Eisinsel; insular, meerumspült, meerumschlungen, meerumgürtet, sturmumtost.

Seeschlange. Bandfische. Seeadler. Adlergattung mit unbefiedertem Lauf. Über die ganze Erde, außer Süd-Amerika. Zweieinhalb Meter Flügelspannweite. Der größte Raubvogel Europas. Jagt Fische, Wassergeflügel und Hasen.

Roßbreiten: Mehrzahl. Seemännische Bezeichnung der Hochdruck- und Windstillengebiete am Rande der Tropen. Dreißig Grad nördlicher Breite, fünfunddreißig Grad nördlicher, südlicher Breite.

Raubvogel. Falke. Bussard. Mäusebussard. Turmfalke, Wanderfalke, Schmerl. Habicht, Sperber, Weihe. Geier, Aasgeier. Kondor, Adler, Fischadler. Steinadler, Aar. Nachtvogel, Nachtraubvogel, Eule, Schleiereule, Waldohreule, Uhu. Auf, Kauz, Käuzchen, Waldkauz.

(Brehm): verdichtet: Der Turmfalk (Mauer-, Kirch-, Rot-, Mäuse-, Rüttelfalk) ist ein sehr schmucker

Vogel. Von Lappland bis Südspanien, von den Amurländern bis zur Westküste Portugals, fehlt der Turmfalk keinem Lande Europas. Er lebt in Ebenen wie in gebirgigen Gegenden, gleichviel ob dieselben bewaldet sind oder nicht, denn er ist ebenso Felsen- wie Waldbewohner. Auf seinem Zuge überfliegt er das Schwarze wie das Mittelländische Meer, ruht einige Stunden, vielleicht tagelang, am jenseitigen Ufer aus und wandert nun weiter bis nach Südasien und tief ins innere Afrika.

Stelzvogel, Watvogel, Storch. Reiher, Fischreiher, Rohrdommel, Marabu. Ibis. Flamingo, Pelikan. Kormoran. Sumpfvogel. Schnepfe, Himmelsziege, Bekassine, Brachvogel. Habergeiß, Kiebitz, Regenpfeifer. Austernfischer. Strandläufer.

Möwe, Silbermöwe, Lachmöwe. Brandmöwe, Seemöwe, Seeschwalbe, Sturmvogel, Albatros. Ralle, Trappe. Bläßhuhn, Kranich. Taucher, Haubentaucher, Zwergtaucher, Alk. Lumme, Pinguin, Laufvogel. Strauß, Nandu, Emu. Kasuar, Helmkasuar.

Es sind die Brandfackeln des Leibes, die uns gewöhnlich zu allen Begierden entflammen; (Cicero, *Gespräche in Tuskulum. Vom Tode,* XIX, 44); und weiter von der Anschauung und Betrachtung der Dinge, der Natur unserer Seele und deren unersättlichem Drang nach Erkenntnis der Wahrheit.

Brehm (verdichtet): Die Vögel bilden ein unentbehrliches Glied in der Reihe der Wesen, sind die Wächter des Gleichgewichts in der Tierwelt, wehren den verderblichen Übergriffen der anderen Klassen (der Tiere), denen preisgegeben die Natur wahrhaft verödete ... An seinen Federn erkennt man den Vogel. So abweichend gebaut er zu sein scheint, so große Ähnlichkeit zeigt sein Gerippe mit dem der Säuger, mit dem der Kriecher zugleich. Bezeichnend für Vögel ist ihr Vermögen zu fliegen: Mit ihm hängt das Wesen ihrer Gestalt, des inneren Baues aufs engste zusammen; mit ihm erklärt sich das Werden ihrer Gestaltung, der Umbau, den sie erlangten, um das zu werden, was sie sind.

Besonders unterscheiden sich die Knochen der Vögel (von denen der Säuger), indem sie luftführend sind. Das beim jungen Vogel vorhandene, sehr blutreiche Mark wird allmählich aufgesaugt, der Knochen selbst hohl und befähigt, Luft in sich aufzunehmen. Sehr vollkommen sind die Organe des Blutumlaufs und der Atmung. Außer den Lungen füllen die Vögel noch mehrere Säcke und Zellen mit eingeatmeter Luft an.

Keine Klasse hat einen so regen Stoffwechsel, keine so warmes Blut wie die Vögel. Alle Tiere, fähig, sich in der Luft zu bewegen, flattern oder schwirren: aber die Vögel fliegen.

Die Wölbung der Flügel bedingt, daß der Vogel zum Fluge Gegenwinds bedarf; denn der von vorn kommende Luftzug füllt ihm die Schwingen und hebt ihn, während Rückenwind die Federn ihm lockert und die Flügel herabdrückt. Schnelligkeit, Art und Weise des Fluges steht mit der Gestaltung der Flügel und des Gefieders im Einklang. Es mag bemerkt sein, daß der Vogel Unbegreifliches leistet, in wenigen Tagen viel tausend Kilometer zurücklegt, binnen wenigen Stunden ein breites Meer überfliegt.

Eine Begabung der Vögel bekundet sich in ihrer Stimme. Das Lied bewegt sich bei einzelnen in wenigen Tönen, während andere Oktaven beherrschen. Die Nachtigall oder der Edelfink schlagen, die Lerche oder der Stieglitz singt.

Weltbürger sind die Vögel. So weit man die Erde kennt, hat man sie gefunden. Jeder einzelne Gürtel der Erde beherbergt seine besonderen Bewohner. Der Vogel lebt eine kurze Kindheit, aber eine lange Jugendzeit, wenn auch nicht im Verhältnis zum Alter, das er erreicht. Krankheiten sind selten unter den Vögeln. Von vielen wissen wir nicht, wo sie sterben und wie. Das Meer wirft zuweilen die Leichen seiner Kinder an den Strand; unter den Schlafplätzen anderer mag auch ein toter Vogel wohl liegen: die Leichen der anderen verschwinden, als ob die Natur selbst sie begrabe.

Epikur (341–270 v. Chr.)

»Wenn wir erklären, die Lust sei das höchste Gut, so meinen wir damit nicht die Lust der Schwelger und überhaupt nicht den sinnlichen Genuß, wie einige, die uns widrig gesinnt sind, glauben, sondern dies, daß der Körper von Schmerzen, und die Seele von Unruhe

frei sei.« (Epikur an Menœkeus.) Das ist *Ataraxie*. Dazu ist Einsicht nötig. Die höchste Tugend. Die höchste aller Tugenden.
Das Zimmer des jüngsten Sohnes war von dem schmalen Pfad zwischen Haupthaus und Bürogebäude aus zu erreichen, eigentlich zu erklimmen. Das Benützen des Pfades war erlaubt, denn er führte um das Haupthaus zu den Stallungen, um diese herum und in die zum Besitz gehörige Schmiede (im Unterschied zum Hufschmied, an den sich keiner erinnert), der dann weiter zu einem großen Getreidespeicher hin führte, so man wollte, hin zur großen Mühle, nicht die untere Mühle mit dem tiefgrünen Mühlbach, nein, die Mühle nahe dem legendären (Mühlenbesitzer?, Getreidehändler?) – nein, ein gefürchteter, sehr eleganter, weitgereister Mann und Gesprächsfreund des Vormunds, obwohl Skeptiker, ein Glaubens- und Gottloser, ein sehr eleganter Mensch mit reicher Bibliothek und philosophischen Themen gewesen; oft, in den letzten Kriegsmonaten, hatte Pius den Hut genommen und *i' geh' gea'* zum ... gesagt und den Namen des sehr feinen Reichen genannt, und die doppelte Nennung des Verbums »gehen« machte das Kind nachdenklich; jahrelang war diese Doppelung (der ein Ort, eine Person oder eine Tätigkeit in der Nennform folgen konnte) ein Ausdruck der Verlegenheit ihres Vormunds, der eine abwertende Bemerkung seiner Hausfrau und Verwalterin (Verweserin?) fürchtete, und sich mit diesem altertümlichen (wie B. dachte) Ausdruck Mut machte und zugleich die Harmlosig-

keit des Tuns, die Sprache seiner Vorfahren (wer sonst, wenn nicht der bärtige Urahn auf der Riesenphotographie im Stiegenhaus des Bruders von Pius, dort, wo Friedrichs Mutter damals noch wohnte, könnte wohl eine so uralte Sprache verwendet haben, die nicht in diesen Talkessel paßt, sondern in enge Täler mit hohen Felsen und klaren Quellen, wo Kresse wächst, die barfüßige, liebeshungrige Kinder ausgemergelter Mütter, die steinern aus braunen Photographien blicken, zu schneiden gezwungen werden, mit doppelten Befehlsformen, die sie sich selber geben: *i geh gea'* sagen und meinen *ich geh' gehen!* Um nicht zugeben zu müssen, daß Kresseholen vielleicht auch lustig sein konnte am Bach!, denn die Verdoppelung war gewissermaßen eine Halbierung, eine Verminderung der Absicht, eine Verringerung der Erwartung, durch die Verzögerung der Satzaussage, durch das Hinauszögern des angestrebten Endes oder Mittels, das diese erregte Erwartung dennoch verriet, dem Ohr der Lauscherin, die immer und überall zuhören muß, wo es sie nichts angeht, wie gesagt wurde) gleichsam zum Zeugnis vorgetäuschter Harmlosigkeit, weil Freudlosigkeit, anrufend und beweisend!

Den festgestampften Pfad zwischen Hausmauern, wo kein Gras wächst, kein Fuhrwerk hineinpaßt, wo sich nur von der hinteren Seite eine Zufahrt und nur für einen gewissen kleinen Volkswagen, den sie schon an der Nummerntafel kennt, ergibt, wenn dieser Wagen an der hinteren Einfahrt steht, geht sie durch die Wirtschafts- und Stallgebäude weiter zu dem Weg zwischen den beiden bekannten Wiesen Richtung Bahnhof, wenn der Wagen nicht den Schatten der Mauern durch seinen eigenen Schatten erhöht, Blaugrün, wenn auch Rot und andere mögliche Farben den Schatten erhellen, das ist eine Kunst, die nur aus der Übung und wieder und wieder Übung erwächst, aus dem Schauen und Schauen und Schauen ..., dann nimmt sie die fast verdeckte, sehr schmale Tür, vis-à-vis dem Lieferanteneingang, nein, Seiteneingang der Beherrscher dieses Betriebes, von dem aus nur ein, zwei Schritte unter freiem Himmel sofort unters nächste Dach, nämlich des Bürogebäudes, ein Neubau, führen und den Pfad kreuzen; nächtliche Wanderer, die sich diesen dunklen Pfad hinein wagen, vermuten geschlossene Türen links und rechts, nur ein Lichtschimmer fällt herab aus dem Büro rechts, aber links von dieser nach oben führenden Tür, ins Bürogeschoß, befindet sich eine schmale geheime, die ist beleuchtet, wenn sie sich angemeldet hat oder als Zeichen, daß man sie erwartet, geht sie sehr rasch den festgetretenen Pfad bis zum Außenlicht, stößt die angelehnte, neue, nicht besonders ausgearbeitete Außentür auf und eilt die steile Holzinnentreppe, die im Dunkeln liegt, hinauf, über einen im Freien gelegenen Holzbalkon, vorbei an schweren Geräten, die sie nicht kennt, vor einer Tür, die aber zum Wald gehören, zu dem auch der hinter dieser Tür schlafende mittlere Bruder gehört, weiter bis zur inneren Diele mit einer glatten braunen Bürotür oder Wohnungstür, die unversperrt ist und hinter der sie in das leise summende, wassernde Geräusch der Aquarien treten wird.

4. KAPITEL

Wasser

Wasser, Anfang und Omega. Om. Wasser, Wasser, Wasser. Mutter des Wassers, himmlische Flut. Wasser, wiegende Woge, wogendes Gut. Fließende Welle, gießende, helle, rauschende Flut. Fliehende Wiege, ziehende Woge, schäumende Flut. Gütiges Wasser, flutendes Wasser, schwebend und gut. Schwellendes Wasser, quellendes Wasser, trunkene Flut. Trinkendes Wasser, blinkendes Wasser, rettende Flut.

Lebende labende tropfende jagende triefende tragende Welle und Flut. Wiegende wogende mächtig gezogene donnernde Flut. Rieselnde rasende stiebende strahlende stürzende Flut. Rauschende lauschende wallende fallende Ebbe und Flut.

Walle Wasser fließe fliehe flüchtend flüchtig übern Schlund. Hebe helle Well' um Welle Sand und Steine auf vom Grund. Treibe weiter kühler Reiter mit den Wellen Stund um Stund. Schreibe in den Sand die Worte nie gesagt von Menschenmund.

Wasser, Wasser, laß mich fassen mit den Händen einst das Glück. Wasser, um das Glück zu fassen, gib die Zeit mir dann zurück. Wenn die Zeit zurück will fließen, faß das Glück ich mit der Hand. Halte Zeit und halte Wasser fließend aus der eignen Hand.

Ruhe Wasser rausche Wasser rauh und raunend fort und fort. Wogend Wasser wiegend Wasser weiter nun von Ort zu Ort. Mit den Winden sollst du finden mit den Wogen deine Ruh. Mit den Wellen mit den Winden fließe weiter immerzu.

Wasser! Wind! Strand und graublaue Wolken und Fische ohne Zahl und wogende Wellen unter Kiel.

Blicke weit, von Horizont zu Horizont. Weite Arme, breite Schwingen, schreitende Schritte übern Sand, gelblichen, körnigen Sand, am südlichen Strand im nördlichen Land, *und der Mut ist so müde geworden und die Sehnsucht so groß*. Der Cornet wartet. Der Cornet ohne Zahl, ohne Zeit und Geschlecht, Adoleszenz in grünen Strandschuhen, mit hohen, weißlichen Krepp- oder Gummisohlen, die nackten Füße in den weichen Schuhen über dem Sand fühlen die spitzen Steine, die Skelette der Meeresbewohner, die Scherben aus anderen Zeiten, anderen Tagen, die Reste von gestern, Samstag, verstreut von den Städtebewohnern, Fish and Chips in Papier, achtlos übern Strand übern Sand, verzehrt und verstreut, ausgestreut übers Küstenland, ein Ekel und ein Verdruß, kein Genuß.

Langsam schiebt sich die Menge der Städter über die breiten Avenuen, durch die Straßen der Stadt an der Themsemündung, am südlichen Ende des Flußlaufs trotten und kriechen Massen erschöpfter Passanten dahin, flutet langsam der Strom der Käufer über den breiten Asphalt, auf den steinernen Bodenplatten des Fußwegs längs der Straße voran, an den Häuserreihen, den riesigen Scheiben der Vitrinen vorbei, ein ausgedörrtes Flußbett ist dieser breite Fußpfad der Stadt mit dem Namen Südende, der Weg der müden Wanderherden aus allen Himmelrichtungen des Riesenreiches, eines erschöpften Kolosses vereinigter Völker: Moabiter, Ammoniter, Samariter, Leviten, Stalaktiten, Malachiten; Magister, Philister, Register und Organisten; Neustrier, Neurasier, Abchasier, Amelungen, Nibelungen, Nigromanten, Capnomanten, Onomastiker, Scholastiker und Scholasten; Lotharinger, Kuenringer, Bayreuthen und Hermeneuten; Heloten, Zeloten, Lofoten, Visigoten, Eroten und die Toten: Alle waren sie da, in Southend-on-Sea, England, British Empire. Ein Strom Hunderter und Aberhunderter Gesichter aus allen Ländern, Völkern und Rassen des Imperiums, eine diffuse Masse zusammengedrängter Gestalten, zu nahe, zu unangenehm, zu gleichgültig, den Körper in Anstrengung, in angespannter Trägheit des allzu langsamen Voranschreitens haltend, Durst und Staub und Lethargie regiert und unterdrückter Zorn, wenn ein Ellbogen, eine Tasche, ein Fuß auf den Fuß, in den Leib stößt, die Wüstenei der Städte, hier zum ersten Mal hat die Bergvolkgewohnte einen Gruß, eine Ahnung, einen Luftzug von jenseits der Zeitwand, aus dem nächsten Jahrhundert, das einem Jahrtausend vorangeht, erhalten: So wird es sein. Die ziellose Masse der Menschen, die diesen Planeten überrennen, überströmen, überfluten, einebnen, ausdörren, verwüsten wird, hier beginnt, in den mittleren Städten, das Überborden der Unzahl, die sich ausbreitet in der Landschaft, sie aufsaugen, auffressen, verbrennen und zum Verschwinden bringen wird, hier ist der Beginn, hier die Überfülle (vor dem Mangel), hier die Zusammenballung (vor der Ausdehnung), hier die Zerstreuung, hier die Zersprengung, vor der Diaspora. Dieses ist Babel in den Außenbezirken, von der Mündung des Flusses gesehen, die Türme von hier aus nicht sichtbar, denn eingezwängt in der Menge gehe ich langsam und schwerfällig dahin, *oh Herr,* bin nicht froh und nicht traurig, nur müde des Wartens, eine große, leere Ebene und Wüstenei ist mein Herz. Aber unter dem Sand, unter dem Dürrgras, unter Kakteen und Disteln, unter Felsengestein, tief unten leuchtet ein See.

Manna, hat jemand Manna gesagt? Bald wird das große Kaufhaus Lions' erreicht sein, bald die *wonderful cup of hot tea* getrunken, *oh dear, oh dear,* in der wie von Krankheit geschlagenen Menschenlawine, in dem wirren Knäuel aus dem Dom zu Orvieto, zusammengeballte *Verdammte aus dem Inferno* von Luca Signorelli, taucht da und dort ein Gesicht auf, wie das eines Engels aus dem *Magnificat* von Sandro Botticelli, neigt sich das Haupt eines jungen Mannes, wie das des Adam von Tilman Riemenschneider, gen Westen. Heiß ist der Gehsteig, der Fußweg, die Schneise, Viehtrift und Weideweg der Wanderhorden vor der Häuserreihe der Geschäfte, Waren auf Waren aus den Dominions, Käufer machen sich bemerkbar und Händler, Schauer und Rufer, Bündel von Gegenständen, Trauben von Menschen, Rotten von Unschlüssigen, Steinguthändler, türmend Töpfe und Scherben aus China, Messing und Intarsien aus Indien, glänzendes Metall für den Feuerplatz, den offenen Kamin. *Come along dear! Come on girls, let's go, Madam! Come on!* Die Damen aber hier unter der Zeltplane oder Markise besitzen gewiß keinen offenen Kamin, sie werden mit Gas versorgt und dieses wird mit einem Ventil in Rohre und aus Rohren geleitet, und seine blauen Flämmchen glimmen und flimmern hinter einem Gitter aus Kunststoff oder es bringt ein elektrischer Draht eine Anzahl von Lämpchen zum Glühen oder Leuchten, die dann den Feuerschein des offenen Kamins vortäuschen, nach dem Geschmack dieser *lower class* oder *lower middle class people*, wie gesagt wird; hingegen stören die hellblauen oder hellrosa Hüte alter englischer Damen hier niemand, die ihre eisblauen oder eisigrosa Kopfbedeckungen den ebenso gefärbten Zuckergüssen der fast ungenießbaren Torten beigesellen könnten. Die Unschuld, mit der die freundlichen Ladies ihre Queen-Mary-Hüte tragen und die *cakes* in den Auslagen *very nice* finden, ist entwaffnend und verunsichert die Schreiberin sarkastischer Briefe in die Alpenregion, auf die sie ohnehin nie zeitgerecht Antwort erhält oder solche, die behauptet, sie schreibe wirr, ungereimt und mache Andeutungen, die kein Mensch versteht. Rosa und Himmelblau mögen als Farben lächerlich sein, doch die freundliche Gelassenheit in den faltigen Gesichtern der Trägerinnen ihrer Hüte ist wohl der rohen Derbheit aus verwittertem Alpenbraungrün oder Grau vorzuziehen, denkt und schreibt Barbarina in ihr Tagebuch.

Gasrohre oder elektrische Drähte speisen in so manchem dieser schmalbrüstigen Häuschen das sogenannte Kaminfeuer, manchmal ist überhaupt nur eine mit rotem Stanniol überzogene Attrappe in einen

Rahmen aus Kunststein gestellt, indes die Wärme aus dem Heizkörper der Gasheizung strömt oder gar aus einem mit Kohle geheizten Ofen? Das aber wäre ein Schritt zurück in das Lebensgefühl aus alten Tagen, das typisch Englische, wie in dem schönen, Achtzigtausend-Pfund- (oder Guinnea?)-Haus in der direkt zum Strand führenden Allee, dessen Garten zur Seitenstraße hin mit einer hohen Mauer abgeschirmt ist, über die kleine Schulbuben in blauen Uniformen Zettelchen werfen, an Vanda. Mrs. Bacon berichtet Barbarina amüsiert von diesen *funny little boys*, die von Vanda in den Garten eingeladen werden wollen und bekommt eine Andeutung von ganz anderen Reaktionen auf zettelschreibende Schulkinder in der Familie ihrer sonderbaren Hausgehilfin aus dem eleganten Wintersportort zu hören, doch ihr Verständnis reicht nicht so weit, als daß die Fremde aus den Bergen weiter auf dem Thema beharrte. Nur wenigen Menschen kann man vom eigenen Leben berichten. Auch gebietet die Form distanzierter Sympathie zwischen zwei Ebenen, gleich denen von Mrs. Bacon und Barbarina, ein Schweigen über eigene Schwächen oder Schmerzen.

Das Haus, das zentral geheizt wird aus einem Raum neben dem hinteren Lieferanteneingang, und zwar vom Hausherrn selbst, der Stunden des Morgens und Abends vor und nach der Fahrt in die Stadt im Garten verbringt, besitzt einen echten *fireplace* mit einem großen Kamin, in den man sich hineinstellen könnte und den Luftzug spüren und wohl auch Sand und Staub in die Augen bekäme, und dessen weiße Sandsteine wöchentlich mit Seife gebürstet werden müssen und mit einer Art Kreidemilch eingefärbt, wie auch die Feuerzange und der *poker*, ein Spieß, um die Glut aufzulockern, mehrmals im Winter poliert werden müssen, aber nicht so oft wie in anderen Häusern. Über dem Kaminsims und an den Wänden die alte Eichentäfelung mit Paneelen, Hund, Katze, Steingutteller (blau), Riesenspitz und Tigerkatze unter dem Fenster, wie auf einer Zeichnung von Dürer, *Der Heilige Hieronymus im Gehäus,* Löwe und Hund friedlich zu Füßen des Heiligen, zu Füßen des Tisches unter runden Butzenscheiben, diese hier sind quadratisch und öffnen die gesamte Gartenfront dem Blick aus der nur zu Weihnachten und bei großen Gesellschaften zu doppelter Größe geöffneten *hall*, das dunkle Gelbbraun der Täfelung mit dem schmalen Streifen Mauer zwischen Gesims und Holzdecke, darauf die schon erwähnten, in den über die englische Landschaft verstreuten Antiquitätenläden gesammelten Steingutteller, und vom Garten herein die grüne Pracht des vorderen Rasens, dahinter ein Kiesweg und frei wachsende Rhododendronbüsche, dahinter ein kleinerer, zweiter Rasen, der in den sich vollkommen natürlich ausbreitenden restlichen Garten bis zu Barbarinas Lieblingsplatz führt, mit den alten Bäumen und Strünken und der hinteren zerbröckelnden Ziegelmauer, die grün ist von Moos und in einen sehr großen Garten überleitet, den sie nie betreten hat und dessen

Haus von hier aus nicht erkennbar ist, und eines Tages steht sie in der *hall* einer sehr schlanken blonden Engländerin in einem weißen Kostüm gegenüber, die später als die junge Ehefrau von *drüben* bezeichnet wird, doch die nimmt nicht Notiz von einer jungen Ausländerin, obgleich sie einander vorgestellt werden, zuletzt der kleine Küchengarten mit dem Sprossenkohl, den man im Winter sogar unter der Schneedecke erntet, für das täglich gleiche Mittagessen, sehr englisch mit gekochtem Hasen oder *roast beef*, das vom Hausherrn geschnitten und mit den im Ofen gebratenen *potatoes* vorgelegt wird, und die mit Misteln und Efeu überwachsenen alten Birken und Buchen, noch aus dem Bestand des vorherigen Besitzers, die ausgeschlagen werden müssen, da sie teils morsch sind und Sonne wegnehmen, und der Hausherr schneidet sie mit Hilfe des Gärtners zu den großen Klötzen oder *logs*, die dann im Kamin brennen, ab fünf Uhr nachmittag zum Kinderfernsehen wird das Koksfeuer auf dem Rost mit einer Art Flammenwerfer entfacht, der von einem Gasrohr gespeist wird, das durch ein Ventil mit der Leitung verbunden ist, die direkt neben den Sandsteinplatten aus dem Parkett ragt, das verursacht ein unangenehmes Geräusch wie von einem Schweißgerät, bis die Kohlenstückchen von der gelben Flamme erfaßt wurden und in ein rotes Glühen übergegangen sind und man erst kleinere und dann mittlere Holzscheite, und zuletzt ein abgesägtes Stück Baumstamm auflegt. Von vorne wärmt die Hitze, um die Schultern friert man auf dem englischen Ledersofa, doch wenn es kalt ist, sitzt die Familie ohnedies unter Decken ums Feuer und die junge Fremde vom Kontinent sitzt dabei.

Im Frühjahr wird auf dem vorderen Rasen Badminton oder Federball gespielt, das, anders als bei Tennis, sehr hoch gespannte Netz fehlt, doch wird Barbarina erklärt, wie hoch und heftig der mit einem Kranz echter Flugfedern versehene kleine Korkball mit dunkelrotem Gummikopf zu schlagen oder besser zu schmettern sei, über das imaginäre, hochgespannte Netz, und während Alice, die gerade eine Medaille im Weitsprung gewonnen hat, sich ein wenig spöttisch von diesem Kinderspiel absentiert, hört die Fremde, die für sich nach Art von Mrs. Bacon Service zu geben übt, bis sie gebeten wird, die Wäsche aufzuhängen, ihre Gastgeberin sagen: *You could be very good at sports.*

Die Wollsachen werden von Mrs. Bacon (meist mit einer Player's zwischen den Lippen, ein Kunststück, das Barbarina beim Geschirrabwaschen übt) von Hand – mit Blick in das Gartengrün aus dem großen Küchenfenster – gewaschen und mit der Maschine geschleudert, sodann am Rande des Rasens mit Kluppen gleich Baumwolle oder Leinen befestigt, denn der englische Wind trocknet englische Wolle vorzüglich, wie gesagt wird, und aller Skepsis und Warnung Barbarinas vor Formverlust und Verfilzung zum Trotz, blieben Vandas Wollsocken, Alices Sportpullover und

Pollunder, die wollenen Leibchen sämtlicher Familienmitglieder, die das große Geheimnis britischer Kälteresistenz (die Leute auf dem Kontinent leben in überheizten Räumen) und Angstfreiheit vor Zugluft (man erstickt auf dem Kontinent) sind, sowie die Golfsweater von Mr. und Mrs. Bacon, immer wie neu. Mrs. Bacon findet kaum Zeit, ihre Golfkarte auszunützen und ihre *bag* mit den Eisen, Hölzern und dem hammerförmigen *putter* für das Einlochen zu verwenden; die Ausrüstung wird viel öfter von Alice benützt, aber auf dem collegeeigenen *greenfield*, wo sie manchmal einen Handschuh verliert oder ein Eisen nicht zurückbringt, was ihr (endlich!) eine diskrete Rüge Mrs. Bacons einträgt. Der Hausherr läßt seine Ausrüstung meist im Kofferraum liegen, denn er ist fast täglich auf dem Rasen.

Dort zog Barbarina den Wagen mit Mrs. Bacons *golf clubs* und fand das sanft wellige Gelände schön und fern, fast unwirklich, wie die englische Landschaft und das Leben ihrer Gastgeber, mehr noch, wie das Verhalten der Freunde ihrer Gastgeber: Anders als ein Haustier, das auf irgendeine Weise erwähnt worden wäre, war es, als sei sie ein Möbelstück, an das man aus guter Erziehung nicht stößt, so wenig wurde sie beachtet, auch wenn sie vorgestellt wurde. So bemühte sie sich dankbar, den richtigen Führungsgriff auszuprobieren und Beinhaltung und Schulterschwung zu versuchen, doch sie wußte, daß dies einer Fahrt in den Zirkus oder *luna park*, wie gesagt wurde, gleichkam, nie in ihrem Leben würde sie sich eine Golfkarte kaufen können, bekäme nicht einmal eine Empfehlung, und so war das Halten des Eisens in dem richtigen Winkel zu Hand und Arm ein Vergleich, um nicht zu sagen ein Gleichnis für Gelassenheit: Ich kann es lassen ohne Bedauern. Anders war es mit dem Klavierspiel oder dem Reiten.

Blau ist die Grotte, blau, wie die der Madonna von Leonardo, die er in zwei Varianten gemalt hat, blau verschwommenes Licht, das ins Grün geht und die Gesichter, im Dreieck aufgebaut, in einen göttlichen Schein hüllt, der die Beschauerin streift, ein Hauch, ein Zögern am Eingang, ein Jubel, *hoch auf jauchzet meine Seele,* und ein Gelübde ablegen, nie den Boden dieser Stadt im Sande zu betreten ohne zu grüßen die *Felsengrotte* und dieses Oval, das zahl- und zeitlose Antlitz ohne Geschlecht. Wenn je Adoleszenz ein Strahlen, wenn Jüngling je im Weib, im Leib, im Ei des Angesichts, das blaß aus dem Sfumato dieser Grotte leuchtend uns anrührt, wenn vierfach Angesicht um Angesicht uns schimmert, aus Blau aus Grün aus eingeschlossener Form und Ferne, von Hand zu Hand, von Fingerzeig zu Segnung, Madonna mit den Knaben: das Kind, Johannes und der Engel, aus drei mach vier, Madonna, Knabe unter Knaben, ruhend vor dem Dunkel, ruhend vor dem Hell, Traumbild und Licht und Bläue und steil der Felsen Dunkel umragt des Teiches Ahnung dunklen Grund.

Und dieser leere Fleck zu ihren Knien, vor der Falten hochdrapierten Fügung, der Widerschein des Lichts von ihrem Angesicht auf dem gebauschten Wurf des Mantels, der waagrecht in dem Vordergrund des Ufers wie in dem Hintergrund der Wasserferne spiegelt, das Licht, das göttlich strahlt auf den Gesichtern, ist hier und dort, im *foreground* und dahinter, im fernen Ort.

Sag, wer hat das Blau gewonnen, wo hast du das Blau genommen? Kam das Blau herabgeschwommen, ist es aus dem Meer gekommen? War es Blau an *einsamen Bronnen*, Blau aus Blau aus Blau versonnen, Blau *vergessener Flurmadonnen*?

Zuerst kam Giotto aus Bondone, der Neue, der hat es von Francesco genommen, der hat es von den Vögeln, den Fischen bekommen, dann ward es vergessen hundert Jahr, da es das Blau der Bläue war und war von Franz. Und gehörte allen.

Und nach dem weichen Stil des Jacopo della Quercia und des Fra Angelico, nach Lorenzo Ghiberti, Meister der Türen, der paradiesischen Paradiestüren, hat sich Tommaso Masaccio an Giotto erinnert, und wie das mit den Menschen war und dem Diesseits, nach der Vertreibung, und hat an die Wand gemalt das Menschenpaar, und sie waren groß und vor allem. Standen fest im Raum. Nur der Engel trieb. Dann kamen die burgundischen Brüder van Eyck, aus Burgund kamen sie, aus Limburg, und Jan hat den Kanzler Rolin gemalt, wie er anbetet in einem Genter

Palast. Der gestickte Mantel eines burgundischen Kaufherrn umbreitet die kräftigen Schultern des Stifters, der kniet über leuchtend verzierten Fliesen, auf die flutet der Falten fallende Pracht des Madonnenmantels in gleicher Höhe wie der Teppich auf der Kniebank des Kanzlers. An den Landschaftsbildern der Brüder von Limburg, in den Stundenbüchern des Herzogs von Berry, haben Jan und Hubert Landschaft sehen gelernt, und blicken als zwei kleine Gestalten vor den Mauern des Gartens oder Außenraums, mit dem Rücken zum Betrachter, in die Flußandschaft vor dem Palast des Kanzlers, weit in die Ferne, wer weiß, die Schelde oder entlang dem Lauf des Kanals zur Westerschelde hinaus, die nicht das Meer ist, sondern die Mündung ins Meer. Im Innenraum, der Säulenhalle des Palastes, blickt der Mäzen von links auf die Madonna, die auf den Knien das Kind hält, indes ein Vorbote der Engel Lukas Cranachs, des Kommenden, die Krone hält, die in den die drei Bögen tragenden Säulenkapitellen erinnert wird. Der Betrachter ahnt die Spitze eines Dreiecks zu Füßen des Stifters und der Madonna, auf den Fliesen stehend. Des Dreiecks Schenkel steigen mit den zwei Gestalten im Vordergrund, die rechts und links den Blick ins Freie rahmen, den die drei Bögen im Mittelgrund gewähren. Der Blick des Stifters trifft den gesenkten der Madonna, in waagrechter Linie mit dem fernen Horizont. Im Innenraum die vier Gesichter geheimnisvoll in drei Trigonen zueinander in Verbindung stehen. Innen und außen, diesseitige Präsenz, weltliche Andacht in Kaufherrnpracht, zwei Säulen und drei Bögen und Raumgefühl der Ferne, die verblaut.

Das war das Blau des heiligen Franz, das allen gehört hat, den Meistern aus Böhmen, Hamburg und Burgund; das Blau der Ferne, das ferner nun war, nach zweihundert Jahr, und das flog mit den Barken im Wind, wo die Neuen Indien sind, und ein Blau, ein Blau, kann ich Euch sagen, Majestät, ich habe das Land Juana genannt, klar, wußte auch nicht, daß es eine Insel und nicht das Festland war, des prächtigen Kublai Khan. Und einmal haben wir eine Grotte oder ein Ufer gesehen. Da standen weiße Heilige auf einem Bein, das ist wahr. Später sagten sie, es seien Kormorane gewesen, aber das ist nicht wahr, ich schwöre es, bei den Felsen des großen Korallenriffs, wo sie mich nicht haben erschlagen, denn der eine im Mastkorb hat Land gesehen, ich vergaß seinen Namen zu sagen, wie es ausgemacht war, leider, und ich habe ihm weder Samtwams noch Goldstück gegeben mit Eurem Conterfei, was ich heute bereu, es war bläu …

Und Leonardo aus Vinci, das kleine Dorf, genau, er liegt in Frankreich begraben, der hat das Gefühl der Ferne gebracht in eine Grotte im Atoll. Jetzt weist die Spitze des Dreiecks im Haupt der Madonna nach oben, und die Hypothenuse ist der Ufersaum; Felsen sind nun die Säulen des Innenraums, der Boden schimmert Wasser statt Fayence. Kein Stifter, keine Krone. Das Antlitz des Menschen ist Krone genug, Jüngling im Weibe, im Leibe, im Ei. Und schuf den

Engel nach seinem Bilde. Und Hand schwebt über Haupt über Hand. Gegrüßt seist du, *Madonna of the Rocks,* Jüngling im weiten Gewand.

Ein Weltwunder! Ich sehe gerade ein Weltwunder und weiß nicht, was tun! Die Besucherin wendet sich ab und wandert oder wankt an der Vision der Heiligen Klara vorbei zum Wilton-Diptychon und studiert die heraldischen Wappen von England und Frankreich: *Lyons and Fleurs de Lis,* lange steht sie vor dem Glasschrein und betrachtet die Holztafeln mit der mythischen Szene, König Richard der Zweite mit Ginsterzweig und Halsband bei der Investitur von Charles dem Sechsten von Frankreich, als Schutzpatrone stehen da Johannes der Täufer mit dem Lamm und Eduard der Bekenner mit dem Ring, den er einem Pilger gab; doch sie ist müde und kehrt zurück in den ersten Saal des Sainsbury-Flügels und setzt sich auf eine Besucherbank vor das Bild der *Madonna in der Felsengrotte* und schaut und schaut. Ihre Füße sind wund gelaufen zwischen Oxford Circus und Trafalgar Square, sie stieg in Oxford Circus ans Tageslicht, wandte sich nach rechts und ging die Straße weiter, bis sie bemerkte, daß sie sich in der Regent Street befand, kehrte alsbald um und bog in die Oxford Street ein und ging laut Plan ostwärts weiter bis zur Station Tottenham Court Road, bog ein in die Charing Cross Road und erstand in einem großen, sehr eleganten Buchladen mit freundlichen Verkäufern eine Pocket-Ausgabe von *The Tale of Two Cities* von Charles Dickens, weil das eines der Werke für die zweite Englisch-Prüfung sein sollte, zudem war sie vernarrt in Dickens, schon weil er als schwierig galt, und sie schrieb die schwierigen Wörter in ein blaues, wie ein Buch gebundenes Heft, und dieser Band Dickens war auch in einen blauen Einband, allerdings aus Kunststoff, gebunden. Sie setzte ihren Weg fort bis Cambridge Circus (wieder hatte Oxford die Regatta gewonnen, Barbarina hielt für Cambridge die Finger gekreuzt, Mrs. Bacon auch, obwohl sie lachend sagte, daß Oxford immer siegt), dann bog sie mit Hilfe des Plans in die Shaftesbury Avenue, um beim Picadilly Circus erneut den Eindruck der himmelhohen Theaterpaläste und Reklamewände zu empfangen, die Zeit drängte, und so entschloß sie sich, noch ein Ticket zu lösen und die eine Station bis Charing Cross zu fahren, dazu mußte sie Bakerloo Southbound nehmen, aber aus irgendeinem Grund (erstens so ungeschickt, zweitens die Schuhfrage) hat sie in der verwirrenden Unterwelt mit den gelben Wandfliesen und rußgeschwärzten Treppen die Northbound genommen und es zu spät bemerkt, dann riet ihr jemand, warum weiß kein Mensch, die Central Line bis Tottenham Court Road zu nehmen und die Northern Line Southbound zu fahren, das waren zwei Stationen, Leicester Square (Leicester, Leicester, *der Leicester?* nein, ein anderer), dann Charing Cross, und jetzt mußte sie dazusehen, daß sie sich nicht wieder verirrte, und hier sitzt sie und denkt: Was fühle ich vor diesem Wunder? Warum fühle ich nichts? Nichts. Müde und versunken. Versunken. Und allein.

Heidruns Schwester Friedrun war in England. Sie war schon einige Monate hier und zwar in C., einer Stadt nördlich von Südende, eine Busfahrt von zwei Stunden entfernt. Friedrun setzte sich mit Barbarina in Verbindung, sie schrieb oder sie rief an und war sehr verändert, freundlich und korrekt, von gleich zu gleich, als hätte es nie die Ächtung Barbarinas gegeben, und sie äußerte den Wunsch, Barbarina zu treffen und mit ihr etwas zu unternehmen, wie sie sich ausdrückte. Barbarina, die von diesem Schritt nicht überrascht war, aber ihn doch nicht für möglich gehalten hatte, dachte, das hätte ich nie getan. Mrs. Bacon, die die barbarischen Sitten der Gebirgler nicht kannte, einfach keine Ahnung hatte, freute sich, daß Barbarina eine Freundin, wie sie fand, in der Nähe wußte und wollte gar nichts von Quälereien oder Verleumdungen einer jüngeren Schwester hören, die anderen Dinge, wie das durch Friedrun überwachte Verbot von Heidruns Umgang mit Barbarina, konnte man nicht einmal erzählen, weil das von hier aus vollkommen unglaubwürdig gewesen wäre. Menschen ändern sich, sie wird bestimmt vernünftig bei uns in England, you will see, sagte Mrs. Bacon.

Als die Bacons ihre Ferien auch dieses Jahr auf dem Kontinent verbringen sollten und es darum ging, Mr. Bacons Vater, der im Haus lebte und an einem eigens für ihn konstruierten Holztisch mit schräg gestellter Platte Tag für Tag riesige Puzzles zusammensetzte, irgendwo unterzubringen, wie gesagt wurde, fragte

Barbarina, aber warum, ich bin doch da und Mrs. Bacon sagte, would you really do this for us, und sie berichtete ihrem Mann am Abend und es wurde beschlossen, Friedrun solle diese zwei Wochen hier mit Barbarina und dem Schwiegervater verbringen in diesem schönen Haus, Barbarina würde Haushaltsgeld für drei bekommen und Frühstück, Mittagessen und High Tea für alle drei vorbereiten, einkaufen und nur das Nötigste tun, die gründliche Reinigung des Hauses, jeden Tag zwei andere Zimmer von oben bis unten, *hall,* Vorraum und Küche täglich, und am Montag von vorne, das sei für die zwei Wochen, da die Kids und ihre Freunde nicht im Hause waren, ausgesetzt, und die Bacons traten mit den Gastgebern von Friedrun in Verbindung und am dritten oder vierten Tag nach der Abreise der Bacons traf diese einstige Erzfeindin ein und war innerlich, aber auch äußerlich, letzteres zu ihrem Nachteil, verändert. Das kommt von den Süßigkeiten, sagte sie und daß sie zehn Kilo zugenommen habe, wie alle Mädchen, die in England als Hausmädchen arbeiten.

Sie gingen oder besser fuhren nach dem Mittagessen manchmal mit dem Bus in die Stadt oder mit dem Hund an den Strand spazieren, doch meist, wenn sie nach Hause kamen, wartete der alte Herr, der sich seit Weihnachten geweigert hatte, vom Bett aufzustehen, bereits im Garten oder auf der Treppe ungeduldig auf die Heimkehr der Mädchen, und er wollte seinen Tee und er versuchte sogar, Befehle zu erteilen; und Mr. Bacons Bruder, der eine merkwürdige Existenz führte und angeblich nicht arbeiten wollte, wie gesagt wurde, war eines Tages da und hatte den Tee gemacht, weil sein Vater, wie er sagte, nicht so lange warten konnte, doch es war erst vier Uhr am Nachmittag und Tee war um halb fünf zu servieren und auch sonst war alles pünktlich geschehen, wie ihr aufgetragen worden war, und so sagte die Fremde vom Kontinent zu diesem gut aussehenden, aber hochnäsigen Mann, sie nehme Anweisungen nur von Mrs. Bacon entgegen, worauf dieser seinen Mantel nahm und sehr rasch das Haus verließ, und Barbarina war nicht ganz wohl bei der Sache, doch als die Bacons zurückkamen und sie diese Episode erzählte, wurde sie sehr gelobt und von nun an saß sie auch sonntags mit der Familie im Eßzimmer bei Tisch, weil sie es über sich gebracht hatte, auf den alten Mann aufzupassen, wie Mrs. Bacon sagte, doch Barbarina war nicht froh. Besser wäre es gewesen, sie hätten diesen Unterschied, von Anfang an nicht gemacht. Besser wäre es gewesen, sie hätte dem alten Mann nicht zwei Zigaretten aus der Schachtel genommen ohne zu fragen. Besser wäre es gewesen, sie hätte trotz allen Mitleids mehr Respekt haben können vor dem Greis. Besser wäre es gewesen, wenn sie besser gewesen wäre.

Friedrun erzählte von ihrer englischen Familie, es waren auch nette Leute, ein kleines Kind war zu betreuen, Prüfungen wollte Friedrun nicht machen oder hatte sie keine Zeit oder keine Gelegenheit. Sie sprachen über Filme und über die sogenannte Zukunft, über ihre Konflikte sprachen sie nur wenig, und nur am Rande, und Friedrun blieb dabei, daß sie sich »dazu« nicht hergegeben haben würde oder hergeben werde und »es« nicht tun wolle mit jemandem, der »es« nicht wert sei, mit einem solchen schon gar nicht, und daß sitzengebliebene Mädchen schuld an ihrer Lage seien, daß ihnen recht geschah. Barbarina entgegnete vorsichtig, lenkte das Thema auf Wörter wie Glück und Leid, Vorurteile, Verurteilungen und Hartherzigkeit, auf die Vorstellung davon, wie es sei, wenn es einen selber träfe. Sodann sprach sie von heiligen Gefühlen, geradezu von Heiligkeit von Gefühlen, besonders der Liebe (in dem Bewußtsein eines Wagnisses sagte sie dieses direkt in ein teigiges Gesicht hinein, sich innerlich zwingend, eigene Verurteilungen zu unterdrücken); sie redete stockend und flocht englische Wörter in ihren peinlichen Versuch, ihr Leben zu verteidigen, denn darum ging es, und sie redete von »Erschaffung« und also »naturgegeben«, sie meinte damit menschliche Merkmale, wie Sprache, wie Essen und Trinken, wie das Recht auf Unverletzlichkeit, das Recht auf Abwesenheit von Krieg und Verfolgung und … so deutlich konnte sie es nicht sagen, es wäre auch zu hochtrabend gewesen, als Hausmädchen, das mußte sie stets miteinbeziehen, allerdings äußerte sie etwas von »Individuum« und »höherem Streben« (das war doch beinahe die Sprache der Leibfeinde, also unverfänglich, oder?) und aber, daß zu diesem »höheren Streben«; auch das »Wissen um die Liebe« gehöre, ohne das der Mensch, tatsächlich ein »tönendes Erz und eine klingende Schelle« sei, das werde doch wenigstens in allen geheimsten Bedeutungen *ausgelegt* werden dürfen, und sie lauschte dem Klang der Worte mit einem entschuldigenden Schnauben nach, gleichzeitig wußte sie, als ehemalige Nazi-Göre beziehungsweise als blindtäppisches Gehorsamkeitskind von Nazis, Gendarmentochter und das mit ganzer Seele, Vorurteile hin oder her, hatte ihr Gegenüber weniger Kirchenbesuche hinter sich und daher weniger Gleichnisworte in sich, und die plump gewordene, ehemals Gefürchtete wagte keine Engegnung (sie saß ja allein und nicht in Rudeln in diesem Mansardenzimmer einer einstmals oder noch immer Verrufenen), und in das Schweigen sagte die Predigerin verstiegener Sätze, sie gebe zu, daß das Ideal der einen Liebe in einem Leben auch ihr gefallen hätte, aber nicht alle auf Erden sind so glücklich … mit Eltern … und so … anständig … wie du.

Aber trotz einer gewissen Einsicht ihr gegenüber, wohl aus der Tatsache, daß Barbarina es so gut getroffen hatte, eigentlich so gut wie keines der ausländischen Mädchen, die sie beide kannten, und Glück eben abfärbt, dachte Barbarina, wollte Friedrun auch weiterhin kein Wort der Einsicht ihrer Schwester Heidrun gegenüber aussprechen, ihre Feindschaft nicht begraben gegen sie.

Drei Tage vor Friedruns Ankunft hatte Barbarina von Friedrich geträumt, sie sah ihn ganz deutlich und er fragte sie, ob sie wirklich alles für ihn tun würde, sogar darauf verzichten, ihren Vater wiederzusehen, und sie antwortete, das würde sie und sie wiederholte: Ich verzichte. Als sie erwachte, hörte sie den alten Mr. Bacon nach seinem Frühstück rufen und sie lief in die Küche hinunter und bereitete den Tee, den Toast für sich und die weichen Weißbrote für den alten Mann vor. Sie brachte das Tablett in sein Zimmer, danach wartete sie, bis er ins Bad ging, leerte seinen Nachttopf und machte sein Bett, was in England die Wolldecken glatt ziehen und mit dem Oberleintuch ganz straff einschlagen, aber keineswegs die Matratze umdrehen bedeutet. Es war unheimlich, und der Traum war unheimlich, und sie versuchte, in ihrem Tagebuch zu lesen, doch sie hatte noch den Hund und die Katze zu versorgen, und einkaufen sollte sie ebenfalls und in die Apotheke mußte sie auch.

Im Tagebuch las sie gut formulierte und weniger gut formulierte Sätze, Halbsätze, Gedankengestammel und Peinlichkeiten, nein, Trivialsätze über ein Trivialleben, nein, Versuche, das Chaos der verschiedenen Eben zu ordnen, nein, die Dinge verschlüsselt zu skizzieren, ungeordnet und unregelmäßig, weil alles, was sie tat, nur halb getan war, oberflächlich, flüchtig, nein, launisch, nein, schlampig (letzteres ein bezeichnendes Wort aus der Rede ziemlich gut zu beschreibender Menschen: alt, lieblos in des Wortes eigenster Bedeutung, unschön, mächtig und verbietend alles Schöne, Grazile, Fröhliche, Freudenbringende wie Tanzen und Lieben), also schlampig war sie bestimmt nicht, aber von Stimmungsschwankungen und Unwissenheit gequält; so las sie mit Unbehagen Sätze, die den Anspruch erhoben, etwas zu sagen (wie Friedrich sich ausdrückte), gemeint war, denen, die ihr teuer waren zu genügen, ihrer würdig, ihrer Gegenwart oder ihres Angedenkens, denn im Kreis der Teuren sind die aus allen Epochen versammelt, wenige sind es, auf einmal erkennst du sie, sozusagen im Vorübergehen, aus der Menge auftauchend, du erkennst sie, aber erkennen sie dich? Man konnte einige schon an ihrem Äußeren erahnen, nie an ein und demselben Merkmal, nie war es gleich, einmal ein Lächeln, ein Blick, eine Art das Haar zu tragen oder zurückzustreifen, eine Stimme, eine Herkunft, eine Vergangenheit. Zuweilen täuschte man sich und sie waren's nicht, oft verweigerten sie sich, verweigerten ein Erkennen. Oft wußten sie selbst nicht, wie ihnen geschah, Zeit, Epoche, Stil? Wo bin ich? Und es blieb nur ein Hauch, ein paar kurze Worte, ein Verstehen, wie im Heerlager des Cornet: *»Abends« … »Klein war …* «

Linda, eine junge Verwandte Mrs. Bacons, arbeitete in der Apotheke … *round the corner*, wo Barbarina ihre Hygieneartikel kaufte, in dem Teil dieses Vororts, der schon gewöhnlicher, das heißt städtischer war, mit Häusern und Wohnblocks und mehr Verkehr, der Weg zu den Geschäften verlief zwar um die Ecke, aber auf einem Fußweg von mehr als zwanzig Minuten, durch Alleen und über makellos asphaltierte Straßen, auf dem sie den Einkaufskorb und die Leine mitnahm (an einer bestimmten Stelle mußte der Hund angehängt werden, und er gehorchte auch, nachdem sie ihm einige Wochen lang das Futter gegeben hatte, denn das ist das Geheimnis, wie jeder Engländer weiß, auch die Queen füttert ihre Hunde selbst, also war das Hundefüttern gewissermaßen ein stellvertreterisches Privileg Barbarinas, zugleich eine vernünftige Notwendigkeit: Hunde folgen der Hand, die sie füttert und sonst niemandem), in der Apotheke war alles sehr dunkel getäfelt und altmodisch gediegen, doch es bestand die Sitte der Selbstbedienung, und im Laufe dieser Monate hatte Barbarina, die hier immer Jeans trug (Mrs. Bacon dunkelblaue Gabardin-Hosen), weil das erstens ihre Beine verdeckte, außerdem bequemer und ganz einfach normal und endlich erlaubt war, die abstrusen Kleidungsvorstellungen der Familie Barbarinas waren ein wenig belächelt worden, weiße Schürze und dergleichen, natürlich durfte sie Jeans tragen, wenn sie wollte, darüber war sie auch sehr froh, dennoch gab es unausgesprochene Kleidervorschriften und einige wurden sogar ausgesprochen, zum Beispiel, daß nur die Leute auf dem Kontinent so etwas tragen wie Pelzkrägen auf Wintermänteln, und der Wintermantel Barbarinas war sozusagen aus den letzten guten Stücken von Pius, dem Opossum, Kragen und Manschetten, entstanden, und der restliche Mantel aus dem rosafarben und grauen Wolltuchmantel geschneidert worden, und es war ein taillierter Mantel mit Taschen, eingesetzten Ärmeln und Achselpolstern wie bei Männern, aber mit

Glockenschnitt und einem breiten, aufstellbaren Kragen, der weit über die Ohren ging und vor dem scharfen Seewind schützte, geworden, den Kragen schlug sie hoch, wenn sie auf den Fahrten durch die Landschaft das Auto verließen und sich die Beine vertraten oder sich in ein Landhaus begaben, das Antiquitäten zum Kauf anbot, da bemerkte sie, daß Mrs. Bacon ihre Kleidung mißbilligte, und sie sagte das auch, und Barbarina war an diesem Tag nicht nur traurig, sondern fast erbost, und sie bemitleidete zum ersten Mal, von den Inseln her, ihre daheimgebliebenen Vormünder und Vorverwandten, die das Unglück gehabt hatten, in zwei von ihnen nicht gewollten Kriegen ein Vermögen, vielleicht größer als das der Bacons, zu verlieren, das tat weh und sie weinte ein wenig, aber die guten Seiten dieser Gastgeber wogen solchen Dünkel auf; in der Apotheke hatte sie sehr teure und vor allem luxuriös und praktisch verfertigte und verpackte (jedes einzeln in Seidenpapier) hyghienische Gegenstände entdeckt, für *ladies* und *young girls*, sehr vorteilhaft, besonders bei sportlicher Betätigung, und es war eine verständliche und vernünftige Beschreibung nebst anatomischer Skizze beigepackt, und da Barbarina wenigstens in Sachen Hygiene und des täglichen Gebrauchs auf dem letzten Stand sein wollte, bei einer sportlichen Familie lebte und selbst nicht mehr unsportlich sein wollte und so weiter, und da sie im Hause diskret damit umging, in einer Apotheke doch wohl auf Diskretion hoffen konnte, kurzum, diese so appetitlichen Luxusgegenstände waren schon mehrmals an der Kassa dieser Apotheke gelandet, wo einige blasse, ältliche Frauen bedienten, die vorgaben, *very English* zu sein, und Barbarina von oben herab, korrekt, aber einmal im Monat mit einer theatralisch mißbilligenden Miene, bedienten. Heute war Linda im Dienst und sie hatte zwei kleine Kinder und einen mit negativen Beiwörtern geschmückten Mann, der nicht arbeiten wollte, doch sie hatte nicht hören wollen und diese *runaway-marriage* erzwungen und das hatte sie davon, sich mit so einem ins Bett zu legen, manchen Leuten ist eben nicht zu helfen; Barbarina lauschte ihrer bewunderten, manchmal bis zu Tränen der Rührung bewunderten Gastgeberin, und versuchte, mit deren unangenehmen Ansichten fertigzuwerden; die von ihr verachtete arme Verwandte, verachtet, weil sie zwei kleine Kinder hatte und, gleichsam einem dumpfen Triebe folgend, mit einem eigenen Ehemann; die stand nun an der Kassa, und die bleiche ältere Vorgesetzte mit den sehr englischen, das heißt viereckigen Gesichtszügen, hatte etwas gehaucht, nicht geflüstert, und Linda stand, mit ihren zwei Kindern und einem ehrlosen Ehemann im Hintergrund, und mit ihren vierundzwanzigjährigen Gesichtszügen eines lieben, warmherzigen Mädchens an der Kassa, wickelte die *Tampax* in Geschäftspapier und flüsterte beschämt you shouldn't use them. Barbarina dachte, bitte verrat' mich nicht, und sie sah der anderen fest ins scheue, ebenfalls sehr englische, sanfte, gotisch blasse, von blonden Locken umrahmte Mädchengesicht, und sagte leise, indem sie die verräterische Packung rasch zur Hundeleine in den braunen Weidenkorb legte: I may use them, the doctor at home told me so.

Die deutschen Mädchen in Südende hießen: Gerhild, Siglinde, Irmgard. Gerhild stammte aus Süddeutschland, sie sprach mit fränkisch-alemannischem Akzent, Siglinde war aus dem Norden, sie sprach wie Leute aus Berlin, Irmgard sprach mit österreichischem Akzent, behauptete aber, Deutsche zu sein. Alle drei waren schon über zwanzig, Siglinde mit vierundzwanzig besaß so etwas wie Autorität und war alt. Sie arbeitete in einem Hotel mit unzähligen Stockwerken und Gängen, und sie besaß ein eigenes Zimmer in diesem Hotel, wo sie Damenbesuche empfangen durfte, und mit einem, wie ein Kaminfeuer entflammbaren, offen züngelnden Gasofen mit falschem Kaminsims, und die Mädchen setzten und legten sich auf den mit rotem Plüsch belegten Fußboden, rauchten und hörten Schallplatten von einem tragbaren Grammophon. Gerhild war Barbarina in der Abendschule begegnet, hatte sie mit Siglinde bekannt gemacht, die aber schon alle Prüfungen hinter sich hatte und länger in England zu bleiben gedachte. Irmgard arbeitete auch in dem Hotel, hielt es aber dort nicht mehr aus und war so unglücklich, daß Barbarina ihren Gastgebern berichtete. Zufällig hatte ein älteres, befreundetes Ehepaar, wohnend in einem kleineren Haus als das der Bacons, mit Hund und Katze, aber ohne Kids (die waren erwachsen), vor kurzem den Wunsch nach einer Haushaltshilfe vom Kontinent geäußert. Die Vermittlung gelang, und das Ehepaar traf sich mit Irmgard in dem Hotel, und sie wurden einig und holten das schöne, gut angezogene, ernste Mädchen mit ihren Sachen zu sich.

Siglinde äußerte sich gegen die Schwarzen, die Juden und vielleicht auch gegen Leute mit Geschlechtsmerkmalen oder Geschlechtstrieb, jedenfalls hatte Barbarina zum ersten Mal die Freiheit, sich mit dieser Person nicht mehr in einem Raum befinden zu müssen, das teilte sie Gerhild mit und legte auch ihr solches Verhalten nahe, und das war das Ende der Bekanntschaft mit Siglinde. Doch es waren noch andere Ausländerinnen in Südende zu treffen, die Französin Jacqueline, die bis zur ersten Prüfung blieb, in der Abendschule und im Privatunterricht bei Mrs. Kent, wo es immer so lustig war. Mrs. Kent erläuterte alles über englische Tischsitten, über korrekte Aussprache im täglichen Leben und auf der Bühne, Barbarina lernte mit Freuden den Monolog des Jaques *All the world's a stage, And all the men and women merely players, They have their exits and their entrances; And one man in his time plays many parts, His acts being seven ages* auswendig, und rezitierte, wie Demosthenes, laut beim Lärm des Staubsaugers oder der Parkettglanzmaschiene von Hoovers. In einer Übungsstunde zum Dialog erfuhr sie in einem von Mrs. Kent geführten Gespräch, daß Jacqueline mit eigenem Geld (von zu Hause) bei einer Familie ein Zimmer gemietet hatte und bei ihrer Rückkehr in Paris studieren werde. Das Geständnis, eine Herkunft ohne Eltern zu haben, die nicht einmal tot sind, wobei die Gesichter aller Altersstufen erstarren und das eigene Herz ein wenig kälter machen, überbot Barbarina in einer der letzten Stunden mit einem Aufsatz in englischer Sprache über Leben Leiden Lieben Michelangelos. Es war eine entschlossene Kurzfassung der Vita von Gerhard Ellert, die sie vor der Abreise, wie die Aufzeichnungen Leonardos, einschließlich seiner schnöden Vorurteile gegenüber körperlichen Gebrechen, wieder und wieder gelesen hat. Ein kühner, verstiegener Entwurf aus dem Handgelenk einer schlecht gekleideten Ausländerin, hinauf zu den Kuppeln der Sixtina und zu den Sonetten der Gaspara Stampa herab (Barbarinas Versuch auf der Überfahrt und danach, das Gedicht *Ich liebe vergessene Flurmadonnen,/die ratlos warten auf irgendwen* ins Englische zu übersetzen, hatten bei den Mädchen, einschließlich Jacqueline, und bei Mrs. Kent schon deshalb wenig Resonanz, weil den Protestantinnen unter ihnen Flurmadonnen eher unsympathisch waren, und auch *Kinder, die in die Sonne singen,* für Kindermädchen ganz alltäglich sind; Jacqueline wieder war zu katholisch, und weil alle gemeinsam Rilke einfach nicht zu kennen behaupteten).

Michelangelo aber war selbst den Engländerinnen bekannt (und als Mensch Barbarina näher als Leonardo, der Gebrechensezierer und Bettlerkopierer und Zurschausteller, kalt und schön wie Friedrich); und, als Lehre oder Rebellion gegen ein Land, in dem Selbstmord vor Gericht gestellt wird, Alice hatte zum Abschluß der vorletzten Klasse gekonnt und überzeugend entwickelt, wie ein Selbstmörder einen Staat schädigt, indem er sich unerlaubt entzieht; Barbarina als potentielle Selbstmörderin war empört und erklärte, sie hätte ein solches Thema einfach nicht gewählt, da sie, selbst wenn es solche Gesetze gebe, sie nicht auch noch in einem Aufsatz gutheißen würde, oder mußtest du dich verstellen?, fragte sie; aber Alice lächelte und sagte, sie sei überzeugt von der Richtigkeit dieser Anschauung; daher mußte etwas gegen diesen Richterstaat mit seinen Perücken gesagt werden, und weil sie nur unter armen Dienstmädchen und einer herzensguten, französischen Studentin saß, die noch dazu griechischer oder anderer Abkunft war, siehe Nachname mit Endung auf *ati*, und nicht vor Richtern in Talaren und mit Perücke, wies sie einerseits den Vorwurf der Päderastie Michelangelos als gemeine Unterstellung zurück und andererseits diese aus der griechischen Antike her und als Liebe zur Schönheit aus, zuletzt als dem Künstler unentbehrlich nach. Peinlich, peinlich. Doch die merkwürdig ältliche Mrs. Kent, die allein oder mit einer Verwandten lebte, die ihr den Haushalt führte oder so ähnlich, griff an ihr Herz, als sie Barbarina das Heft zurückgab, blies ein wenig selbstironisch die Luft aus und sagte leise I've never read anything like that by a student und den bewundernden Worten über Michelangelo fügte sie schließlich noch einige lobende Worte über Barbarinas Stil hinzu.

Gerhild hatte dunkles Haar und ein freundliches Boticelli-Gesicht, sie war naiv und gutmütig, oft fehlte sie im Abendkurs, weil sie etwas anderes zu tun hatte. Aber sie war eine ehrliche Freundin und nahm Barbarina zu allen Geselligkeiten mit, einmal zum *ballroom-dancing*, wo die Engländer hingingen, einmal zu einer Tanzveranstaltung mit ausländischen Studenten, eine große Enttäuschung übrigens, kein einziger Engländer, nur kleine, kindische Asiaten, die alle sofort ein *date* wollten oder die Telefonnummer. Vom Tanzen zu schweigen, zerbrechliche Fingerchen und kein Gefühl für Rhythmus. Ein Indonesier mit rundem, freundlichem Lachen aber bat so traurig um eine Begegnung nächsten Donnerstag um fünf, in einem bestimmten Teesalon, daß sie zusagte und am Donnerstag mit Mrs. Bacon sprechen mußte, denn um fünf Uhr war ihre Anwesenheit erforderlich, um hier den Tee zu bereiten. Mrs. Bacon, die immer vor Ausländern gewarnt hatte, argumentierte ein wenig, mit diesem ganz bestimmten Alarmgesicht vor gewissen Leuten, das so voller Verachtung und so beschämend war, doch der Indonesier könnte ein Freund sein, ohne Gefahr, er interessierte sie nicht, aber er schien freundlich und sogar ein wenig traurig. So wagte Barbarina endlich, farbige Leute zu verteidigen, es seien doch nicht alle gleich, das sei ein »Student«, demnach ein gebildeter Mensch und so weiter. Also gut, wir werden sehen. Nun, um sieben Uhr kehrte eine beschämte Geprellte zurück und mußte sich sagen lassen, those people are always like that. Sie hatte ihm nichts getan. Sie hatte nicht einmal geahnt, daß einer zu einem Treffen, das er erzwungen hatte, auch nur im entferntesten nicht zu kommen gedachte: Ein uninteressantes, langweiliges, dickliches Babygesicht, einer, von dem die Engländer, zu Recht, wie man sieht, *those people* sagen! Den sie verteidigt! Sich bei (gelinde gesagt) Leuten mit gewissen Vorurteilen blamiert! Was für eine Niederlage! Was für eine Schande! Was für eine fremde Welt!

Mit Gerhild nahm sie Reitstunden, heimlich, da sie sich keine gute Reitschule und keine Reitkleidung leisten konnte, was unbedingte Vorschrift war, wollte man nicht zum Mob gehören, wie sie aus wochenlangen Unterhaltungen mit Mrs. Bacon gelernt hat. Dennoch war sie theoretisch einigermaßen vorbereitet, über Fußstellung, Spitze nach innen, Ferse nach unten und innen, Kniedruck, Schenkeldruck, aufrechte Haltung, abgewinkelte Arme, lockere und doch straffe Zügel und das berühmte *having your breakfast standing up* wegen der Schmerzen nach dem ersten oder einem ungewohnten Ritt. Die zehn Reitstunden bezahlte sie von dem Scheck, der dem Brief aus Havanna mit den Mahnungen beigelegt war, wegen der unglücklichen Neigung, sein Herz an einen gebundenen Mann zu hängen, wo doch noch so vieles offen sei und mit der Vertröstung, auch sie werde eines Tages Klavierstunden nehmen und reiten lernen können, wie die Tochter des Hauses, in dem sie sich ordentlich und dankbar verhalten solle. Und mit dem Abraten von einem Besuch auf der Insel. Canada sei viel besser. Der Scheck wurde von Mr. Bacon in einer Bank in Südende eingelöst. An vier Nachmittagen im Juli sind sie im stehenden und im ausgesessenen Trab durch die englische Landschaft geritten, durch Busch und Tal, nach der ersten Stunde an der *longe*, nachdem man für sie eigens ein kleines, schlankes Pferd aussuchen mußte, das sonst gutmütig war, sich aber losriß und einfach durchging und in gestreckten Galopp fiel mit Barbarina, die in unschöner Haltung, aber mit aller Kraft sich im Sattel und am Leben hielt, aber nie vergessen wird, das Fliegen über Land, über Wasser und Sand, bis die hagere, junge, proletarische Reiterin, die die ganze blöde Anfängerbande auf dem Hals hatte, und der die *longe* aus der Hand geraten war, auf ihrem Fuchs aufgeholt, das Pferd an den Zügeln gefaßt und irgendeinen Schrei ausgestoßen hatte, und das braune Pferd stehen blieb, mit Unschuldsmiene. Alle vier oder fünf Reitstunden waren mit den eindeutigen Schmerzen, aber besonders die erste, verbunden, doch Mrs. Bacon bemerkte nichts. Nur das erste Mal sagte Barbarina, sie würde ihren Tee heute abend stehend einnehmen und auf die erstaunten Gesichter der Anwesenden gab sie vor, in der Küche zu tun und lediglich einen *joke* gemacht zu haben und alle, einschließlich Alice, fanden das einen passenden Scherz und freuten sich über Barbarinas Fortschritt in englischer Lebensart.

Kurz danach übersiedelten Gerhilds Gastgeber nach London, und Barbarina durfte sie einmal für zwei Tage besuchen. Sie waren allein übers Wochenende, die Familie war auswärts, irgendwo. Sie saßen in einer kleinen Wohnung in einem Zweifamilienhaus in der Londoner Vorstadt, wo man das Babygeschrei aus dem Nebenhaus hören konnte. Aber es war gemütlich, und sie redeten und redeten von der Liebe, was sonst. Gerhild hatte jemanden gekannt, aber sie hatte es nicht ganz (natürlich!). Aber? Aber. Ja. Doch. Also das. Was. So und so. Gut. Barbarina? Ja. Wie. Und dann? So und so. Sie rauchten. Barbarina las den letzten Brief des Mannes vor. Es wurde immer später. Gerhild war ganz begeistert und fassungslos, daß jemand solche Briefe bekommt. Und wie sieht er aus? So und so.

Also. Es ist arg, daß er verheiratet und schon so alt ist, aber. Mhm. Das weiß man schon, daß die viel netter sind. Hört, hört. Hatte die etwas begriffen. Sie rauchten. Sie tranken irgendeinen Saft. Es war spät. Sie gingen ins Bad, sie zogen sich zum Schlafengehen an. Gerhilds Haar war schon gebürstet und offen. Sie hatten sich gewaschen, die Zähne geputzt. Gute Nacht. Gute Nacht.

So allein. Was tust du, wenn du allein bist? Das ist es, was tust du. Antwortblick. Frage-und-Antwort-

Spiel. Komm, sagt Barbarina. Sie kam. Sie löschten das Licht. Das schmale englische Bett steht in einem Erkerzimmer mit viel leerem Raum. Eine große Blattpflanze schimmert im Mondlicht. Gerhilds Nachthemd ist weiß mit Spitzenbesatz und Rüschen. Ihr Haar liegt schwarz auf dem Kissen. Sie ist einundzwanzig und brav und zimperlich. Gutmütig und naiv. Barbarina ist noch nicht achtzehn und liebt Gerhild nicht. Barbarina verführt Gerhild und erschafft sich selbst, wie ein Kunstwerk, wie Leonardo, kalt und ruhig und im Rausch des eigenen. Ich bin *er, für den ich nachts wach liege* und der mich nicht liebt (Friedrich) und bin er, der mich glücklich macht (der Mann der Friesin) und bei dem ich so sehr sein möchte, und bei dem lauter Lügen sind, aber auch das, was ich dir jetzt gebe, jetzt.

Gerhild, die immer wieder dankbare Worte flüstert, bittet um Gnade und ist erschöpft, und Barbarina, die sowohl die eigene Kühnheit wie den Zorn über Gerhilds Talentlosigkeit oder Mangel an Fairneß und Phantasie, mit kaltem Erstaunen beobachtet, sagt sanft gute Nacht und zieht sich in ihr Zimmer zurück. Am Morgen nach einer traurigen Nacht fühlt sie sich elend und verzagt. Sie wartet angezogen im Wohnzimmer und hofft auf Hilfe aus dieser peinlichen und für beide unbekannten Situation. Vor allem auf ein würdiges Begegnen. Doch die Protestantin erscheint mit einer Bibel in der Hand und sagt: *Mer dürfe des niemê due –*

Und sie wollte noch etwas sagen,

doch die andere schnitt ihr das Wort ab. Keine Angst, es wird nicht mehr geschehen, sagte sie glühend und kalt.

5. KAPITEL

Vor der Küste

Mußte sie die Fragen der Fragen stellen und immer näher treten, ans Feuer heran? Weil sie unschuldig war? Weil sie gefallen war, unter die Menschen? Als eine Fremde? Was ist Fremde? Was ist die andere Seite von Fremde? Nicht-Fremde? Was ist das, Nicht-Fremde? Was tief innen ruht. Was ruht tief innen? Weiß nicht. Muß suchen. Muß finden. Was finden? Schönheit. Würde.

Hebt das *Fremde* auf? Hebt das die Fremde auf? Hebt das Nicht-Fremde das Fremde auf? Hebt irgend etwas irgend etwas auf? Was folgt daraus? Was folgt daraus? Gib Antwort!

Eine Antwort hielt sie gegen Ende des Sommers in Händen, ein Brief Heidruns, und der ging so:

Liebe B.! Weißt Du, ich war etwas erstaunt über Deinen Brief. Du verlangst ein klares Ja oder Nein. Also Ja. B., Du schreibst gleich, weil dir ein einziger Mensch Schlechtes über mich erzählt. Ich frage Dich nichts, und was glaubst du, wieviel Schimpfworte ich über dich höre. Aber lassen wir das. Weißt du, Freunde sein, heißt nicht, mit den Handlungen des anderen einverstanden sein oder nicht. Ich glaube auch nicht, daß es daran liegt, ob ein Mensch gut oder schlecht ist. Das Ganze ist meiner Meinung nach irgendein Gefühl, das nicht zu verwischen ist, obwohl man manchmal möchte. Ganz ehrlich, ich liebe manchmal ein anderes Mädchen mehr als Dich, aber dann komme ich nicht mehr los von dem Gefühl, das ich eben Dir entgegenbringe. Mein Gott, wie oft wollte ich, als Du noch hier warst, Schluß machen, weil mir nicht alles paßte, was Du machtest, bis ich dann einsah, daß es nicht geht. Man kann eine Freundschaft nicht auflösen, man könnte sie höchstens übersehen, sich selbst überwinden, aber dazu gehört so viel Energie, und ich denke, es würde wohl zehn Jahre oder mehr brauchen, bis man darüber hinweg ist. Ich hoffe, daß Du mich auch richtig verstehst. Also Punktum. Meine Mama hat Deinen Brief erwischt, ihn abgeschrieben und ich glaube, sie will die Abschrift Friedrun schicken. Aber Du hast ja eigentlich nichts Schlechtes über sie geschrieben. Ich hoffe, du verstehst. Heidrun.

Nicht genug damit. Dem Brief lag ein Foto bei. Heidrun und ein Schulkollege namens Hans. Heidrun und Hans, sitzend auf einer Wiese. Keine Talwiese, nicht flach. Hügel, Anhöhe, Feldrain, die klassische Landschaft für einfach alles. Ruhig blicken die beiden der Betrachterin ins Gesicht. Kurzgras, Grasnarben, Wurzelvorsprünge, Unebenheiten. Steine, das heißt Felsen, mit Wurzeln und Erdreich bedeckt, grasüberwachsen. Duftend. Der Wind streicht durchs Haar. Sein Arm ruht auf ihrer Schulter. Beider Füße sind abgestützt am tiefer gelegenen Fels oder Vorsprung. Ein Bett ist das Gras. Ein Kissen sind die Blumen. Ein Teppich ist das Grün. Was haben wir da: Almrausch und Edelweiß. Almrausch oder Edelweiß. Wie so leer, wie entehrt sind die Worte. *Almrosen* nennt Pius die geschützten, immergrünen Zwergsträucher mit ledrigen, ovalen Blättern und rosaroten Trichterblüten, jedes Jahr steigt er auf zu den Knieholzregionen, um ihr Erblühn zu erkunden, die Pracht dieser Alpenrhododendren, dieser Teppich, das Kind hat ihn später nicht mehr begleitet, das Kind wollte nicht mehr, ohnehin sah es nicht, was andere sahen, weil es ungeschickt war, weil es nicht schaute oder schaute und wußte nicht wohin, weit fort, über die Gipfel, wo die hier nicht hinreichen *(wo du nicht hinreichst)*, über die Wipfel dieses Tals hinaus und hinüber, wohin, fort von hier, wo Grashalme sanft sind und nicht stechen, seit es die Schule besucht, fürchtet es den Spott anderer Kinder, eines davon ist Heidrun, sie sitzt auf einem Hügel oder Abhang im Gras, sitzt neben Hans mit dem dunkelbraunen, fast schwarzen Haar, glatt und gescheitelt, dunkle, sehr dunkle Haut, lange, schlanke Beine in dunklen Beinkleidern, abgewinkelt ruhend auf einem Grasvorsprung unterhalb der Mulde, ihr Rastplatz. Heidrun im hellen Kleide, die schlanken Beine parallel zu den seinen, die in dieser tadellos sitzenden Kellnerhose stecken, und ihre tadellosen Waden mit den fast unsichtbaren, blonden Härchen münden in weißen Baumwollsocken und handgenähten Halbschuhen, weit oben kann es also nicht sein, wo sie lagern, um in die Fotolinse zu starren, und wer war die dritte Person, oder kam das mit Selbstauslöser zustande, sein Arm hält ihre Schultern umfaßt, sie hält ihre Knie mit den Händen, sie blicken zur Kamera hin, direkt in Barbarinas Gesicht. Heides Wangen sind schmal von der verzehrenden Krankheit, ein Jahr im

Spital und die angebliche Freundin versagt, ehe sie sichs versah, hat die Barbarin versagt, Heidruns Mund war so groß, er füllte die untere Hälfte ihres spitzen, ovalen Gesichts, wie fiebrig glänzten die Augen, damals im Spital und jetzt auch, der Mund ist groß und nicht zu übersehen, das Gesicht Augen und Mund, Hans trug einen dunklen Leberfleck im Gesicht, rechts auf der Oberlippe, er glich seiner Mutter, die lächelt und wenig spricht, unmerklich hat sie ihre Knaben erzogen, ruhig und ohne sich zu wehren und zu gebärden, wenn auch der viel jüngere Bruder von Hans ein Wildfang ist, unmerklich gebändigte Kraft, braun und glänzend der Leib des Bruders von Hans, pralles Fleisch, wie eines japanischen Ringers, stürzt nach vorne in das dunkelgrüne Wehr, den Mühlbach, den Sand im Schulhof, die Knaben wälzen im Staub sich, ein finsterer Halbkreis deckt vor den Blicken der Lehrer die Ringer, da kommt Hans und befiehlt dem Bruder: Steh auf, wortlos hat der sanft erscheinende Hans seinen Bruder im Griff und der gehorcht, die Mutter lächelt dazu in ihrer Küche am Ende der Siedlung, sie weiß, was sie weiß, von allem weiß sie, behält es für sich, nie ist der Vater zu sehen, wenn ein-, zweimal sie im Hause von Hans zu Gast sind, am Ende der Siedlung Richtung Norden, nur mit der Mutter, und stets lobend erwähnt wird Hans, ruhig und mit schwarzen, kirschdunklen Augen hat er die Lehre bei Barabarinas Verwandten gemacht, ein Liebling der begüterten Schwester von Pius, die seine Lehrherrin ist und die sanft wird in seiner Nähe wie Hans, der seiner Vorgesetzten einmal ein Foto entwendet und es Barbarina überbringt, das Foto zeigt Claire, Agathe und Pius, sitzend um einen Tisch, Agathes Hand liegt geöffnet wie ein Schale auf den Knien, doch vielleicht ist das Zufall, Barbarina möchte das Foto nicht behalten, das wäre so gut wie Diebstahl, vielleicht bringt Hans sich in Schwierigkeiten und das kann sie nicht annehmen, doch Hans sagt, das merkt keiner, die wollen das Foto gar nicht behalten, Frau R. ließ es wie absichtlich auf dem Tisch liegen, und den Tisch mit der Spitzendecke in dem Erkerzimmer von Tante Nani kennt Barbarina genau, denn ein- oder zweimal hat sie es heimlich betreten, als sie noch in Nanis Haus wohnten, nach der Verbannung aus K., wenn das auch nicht so genannt wurde, sondern *Wohnverbot*, dein Großvater war reich, hat Frau R. gesagt, sagt Hans, und die Töchter verwöhnt, mehr konnte Hans nicht berichten oder behielt er etwas für sich, ein Geheimnis, das Tante Nani ihm anvertraut hat, Barbarina vermißte in Hans, wie in allen, die Suche nach Wahrheit, er wollte nicht vordringen, nicht tauchen ins Tiefe, glaubte, das ist nicht sein Leben und also kein Grund zur Frage, doch hinter jeder Frage steht eine andere Frage und hinter jeder anderen Frage noch eine, und so fort, und das ist der Sinn des Lebens, immer weiter zu fragen und zu fragen, denn eines Tages stehst du vor der Frage der Fragen, und dann kann die Antwort nicht sein, ich will es nicht wissen, und auch nicht, bin ich der Hüter meines Bruders?, weil du nicht Hüter sein wirst deiner selbst. Und Barbarina sieht, daß auch Hans nicht sein will Barbarinas Bruder, er zieht Heidrun vor, sie sind Nachbarn und so weiter, also da sitzen sie, als zwei Verlobte, was für eine Überraschung, Hans, der sich mit der gefürchteten Lehrherrin so gut versteht, der immer höfliche Hans, mit den sonderbar gespannten Bewegungen, als würde er zuweilen von kaum merklichen, sekundenlangen Lähmungen befallen, so spannten sich seine langen Finger, seine schwach oder kaum konturierten Lippen spannten sich kurz, bereitwillig führte er kleine Dienste aus für ältere Frauen, warf die langen, für winzige Zeitabschnitte wie gelähmten Beine in kleinen, gespannten Schritten nach hinten und außen, in vorgetäuschter ruhiger Eile, mit übergeworfener, nicht angezogener Strickjacke, und keiner spottet ihn aus. Barbarina, die Spottgewohnte und auf Spott Gewärtige, wartet und wartet, und wartet auf Hans, an dem Bahnsteig, denn Hans ist unantastbar im Dorf, weiß nicht weshalb, Barbarina erzählt und berichtet und sucht Trost und Fragen bei Hans, nie denkt sie, es könnte begehren Hans (oder doch?) eines Nächsten Weib, denn Hans schweift ab mit den Augen, er meidet den Blick, wenn sie nach seinen Geheimnissen fragt, Kinder normaler Familien haben an geheimen Lastern keinen Bedarf, sie sind eins mit sich und der Welt, wir aber könnten nicht überleben, wir sind angreifbar, so ist das, verletzlich sind wir, hüten uns, zu verletzen. So ist das. Hüten uns, zu verletzen. Aber nicht vor Verletzung. Weshalb? Hans verletzt nicht, hütet sich ebenfalls vor Verletzung oder etwas hütet ihn vor Verletzung, sein unmerkliches Anderssein, dieser Hauch, der ihn von den Rohlingen scheidet, die sich nicht kümmern um ihn, nur die Frauen kümmern sich, die erfahrensten Mädchen über zwanzig, die mit den Soldaten, den Besatzern, den Schiebern, den Heimkehrern und Sportlehrern, die mit allen bekannt und gut Freund sind, gehen abends langsam mit Hans, der erst siebzehn ist, aber groß und schlank wie ein Mann, ein Tänzer oder ein Kellner, denkt Barbarina ohne zu denken, ganz in Gedanken.

Was, wenn Heidrun mit Hans? Würde sie lernen von Hans? Die Kunst der Liebe *und* lieben? Menschen lieben? Nicht hassen. Nicht verachten. Nicht vertreiben. Nicht urteilen, nicht vernichten. Nicht falsches Zeugnis geben. Nicht verraten. Nicht ausliefern. Nicht überantworten. Nicht zuschauen, nicht lachen. Nicht feixen (das Äußerste!). Nicht grimassierend lachen und lachen über fremdes Unglück. (Und dann, im eigenen Unglück?) Was war es, das Hans und Heide lernen sollten voneinander? Anders sein. Anders? Anders.

Anders als die Erwachsenen, an denen sie kein gutes Haar ließen, denen sie doch verbunden waren, sklavisch anhingen, sich unterwarfen, deren grausames Wüten sie hinnahmen, nachahmten, nachäfften, wenngleich sie leugneten, und es weiterführten, immerzu.

Warum sollte dies alles geschehn? Weil sie gefunden hatten, was im Grunde der Augen ruht. Was ruht?

Das Nahe und das Ferne. Das Fremde und Nicht-Fremde. Schönheit, Würde, Leben. Das lag im Grunde der Augen, wenn sie es zuließen, daß einer hinabtauchte in des anderen Blick. Wenn einer von beiden oder wenn beide es zuließen, was aber selten geschieht.

Sie kamen von dort, wo der Liebesakt als Krankheit und Schwäche, als unrein, als eine Seuche galt. Von der Seuche befallen. Von der Lustseuche befallen. Sie erinnert sich an das erste Mal, als sie das Wort *Lustseuche* las und sich im Geiste mit den Verfemten am Rande der Wüste befand, draußen vor den Toren, barfuß oder in Sandalen, in Lumpen gehüllt und unrein!, unrein! rufend, und aber unberührbar den anderen, von einer Aura der Gnade umflort, ein Heiligenschein, wie wenn mit halbgeöffneten Augen der Betende zum Altar blickt und die Flammen, ihr Schein, vergrößert durch Tränen erscheint und er von Lichthof zu Lichthof, von Flamme zu Flamme hinweg geht, wie auf Messern, mit nackten, mönchischen Schritten, und die Flammen sind Wellen, darauf wandelt *er*, das ist *sie*, und das Glöckchen der Unberührbaren und das der käuflich Liebenden und das der Tempeldiener beiderlei Geschlechts, kündet unrein, unrein, unberührbar, heilig.

Wie konnten sie glauben, konnten nachfolgen den Verkündern des Dunkels und des Nichts, wie konnten sie leugnen das Licht in sich selbst. Das Licht des Liebesakts, das Licht im Liebesakt. Das Berühren des Himmels und der Erde. Das Verneigen vor dem Meer. Ein Mensch verneigt sich tief zur Erde und berührt mit den Fingerspitzen den Sand, ehe er das Wort *Meer* ausspricht. Sagt: Die Señora, und lacht ein wenig dazu. *Und schuf die Tiere des Meeres und die Vögel des Himmels.* Die Wogen des Meeres hüllen Dich ein als eine zweite Haut. Die Flammen des Meeres sind das Licht des Regens, der nach oben fließt. Die Schaumkronen des Meeres sind Girlanden der Schönheit, die ihren Glanz ausgießt über dich im Liebesakt, die Schönheit der Rose und der Dornen, die hohe Zeit des Profanen und des Heiligen. Weisheit, die sich zeigt in einem Blick, im Anblick, im Glanz von innen, tief. Tief innen, wo nicht das Licht ist, am Ende des Tunnels, profaner als dies: Das Licht des Tages, wenn du geboren wirst im sanften Kreis. Das Licht der Ekstase, wenn du berührst den innersten Ort des Geliebten. Wenn deine Fingerkuppen berühren den Saum vom innersten Punkt im Leib des Geliebten. Mit den Fingern sehen. Dies und noch mehr ahnte die Tagträumerin ohne zu wissen, ahnte voraus, wußte von alters her, Erbin und fremd unter kalten Meridianen.

Friede sei mit dir. Friede, nicht Krieg!

Vanda, die Neunjährige, klopfte an die Tür und wollte Barbarina vortanzen. Sie verkleidete sich, sie führte eine Szene vor, sie verschwand im eingebauten Schrank in der Dachschräge und trat langsam oder sprang im Spagat wieder hervor. Sie störte Barbarina, die endlich (endlich), Mut oder Antrieb oder Gelassenheit, einen Brief schreiben wollte oder in ihr Tagebuch, die einfach träumen wollte oder zur Decke blicken, die Falten des Vorhangs betrachten oder die Blumen auf der Dose, von den berühmten *English biscuits*, die so dick machen, oder die Gesichter der Berühmten auf Hochglanz, der Bildband für einen Wochenlohn, aber es mußte sein. Oder kopieren nach dem langweiligen Lehrbuch für Zeichnen, die Unterscheidung von Standbein, Spielbein kannte sie im Schlaf, ebenso die daraus folgende Lagerung des Oberkörpers, dazu die Kopfhaltung, das ging nach einem eigenen Rhythmus, wie bei »Perikles«, der selbst nicht so hieß, nur ein Staatsmann, zu dessen Zeit ist dieser Schöne in besagter Haltung einem Unbekannten Stunden und Tage Modell gestanden, die Haltung nennt man Kontrapost, was sich auf den Gegensatz oder die Unterscheidung dieser beiden Beinstellungen bezieht, wörtlich *contrapositum*, die Proportionen des Gesichts hatten sie schon in der Hauptschule in K. durchgenommen, als sie die Ballfrisuren zeichnen durften und der dickliche Lehrer mit dem schütteren Haar und der Brille mit Goldrand ohne zu fragen einfach den Pinsel ergriff, und ihren roten Locken mit den grünen Schatten hellgelbe Lichter aufsetzte, als wäre es eine gewöhnliche Friseurreklame, und Barbarina hatte vor Wut zu weinen begonnen und sich geweigert, das Bild, das nun nicht mehr ihr gehörte, fertigzustellen, wodurch ihr versagt ward, die Beste in der Klasse zu werden, was sie im Angesicht der Klasse längst war, also bedurfte es keines Lehrers, der leise Du hast einen Dickschädel sagt und sie nie mehr ansieht, so kleinlich sind in diesem Gebirgsland und umliegenden Ländern die Lehrer; damit war auch dieser Pädagoge erledigt, blieb nur noch der sogenannte Mathematiker, dem sie im ersten Lehrjahr einen Brief schrieb oder im Sommer vor der Lehre, sie hoffte auf Rat wegen einer höheren Schule, wo man nicht zahlen muß oder einem das Schulgeld erlassen wird, doch seine Antwort wurde entdeckt und verursachte große Aufregung und Verdächtigungen, und so durfte sie nicht zurückschreiben, daher erfuhr er nie, was sie ihn eigentlich hatte fragen wollen. Hier in *England* wäre das nie geschehen, das kleine Mädchen dieser modernen Familie durfte seinen Kinderleib biegen ohne Verdächtigungen und Spott. Es durfte allerdings auch Bananensandwiches für sich und seine Gäste bestellen, ohne sie dann auch verzehren zu müssen, Bananenscheiben zwischen je zwei, von der ohnehin weichen Rinde befreite, weiße Margarinebrote, mit dem Messer in zwei Dreiecke geschnitten, ungetoastet und in zwei Stößen aufgetürmt und auf dem Teebrett serviert, neben die auf dem Boden vor dem Fernseher liegenden kleinen Mädchen und Knaben in ihren blauen Schuluniformen, gestellt, nur, damit Barbarina in der Küche niemals fertig wird und nicht weiterlesen kann.

Lesen! Das wahre Leben!

Mrs. Keats trug Mittelscheitel und zwei hinter den Ohren geflochtene Zöpfe, die sie zu einer Art reduzierter Gretelfrisur, einem Halbkranz über dem Scheitel, kreuzte. Barbarina wagte ihren Augen nicht zu trauen, als sie diese Zöpfchenkarikatur sah, doch ein kurzer Blick auf Mrs. Bacon vermittelte die Gepflogenheit solcher Haartracht, was in dem Auftreten der Dame, die als eine Malerin angekündigt war, Bestätigung fand. Mrs. Keats war mit weiten, gezogenen Röcken, zart gemusterten, weitärmeligen Blusen und einem groben, ärmellosen Sweater, wie in einer zarten Abwandlung alpiner Moden, bekleidet, es war ein Stil, den sie trug und vertrat und den sie offenbar erfunden oder *created* hatte, und das war wohl das Malerische an ihr. Sie redete gerne und viel und war eine Anhängerin von Natürlichkeit, zum Beispiel wollte sie Barbarina bewegen, auf ihre Brille zu verzichten und jeden Tag – durch Fixieren eines Gegenstandes, der immer weiter entfernt liegen sollte – aus eigener Kraft ihre Kurzsichtigkeit zu überwinden. Kein Hinweis auf Barbarinas Erfahrung, sozusagen Stolpern durch eine brillenlose Kindheit, von der Undeutlichkeit der Farben zu schweigen, fand Glauben, im Gegenteil, Mrs. Kent liebte verschwommene Farben, das Auge gewöhnt sich daran, wie es sich faul an die Bequemlichkeit der Brille anpaßt, bis zur Erblindung, mind you. Die Welt mußte Mrs. Kents Theorien folgen, das war klar. Aber Mrs. Kent war auch freundlich. Sie betrachtete Barbarinas Zeichnungen und das kleine Ölbild der gelben *daffodils* vor *crimson curtain* und fand das Gelb der Narzissen und das Karmesinrot des Vorhangs kühn. Und das war es auch.

Einen Tag nach dem Vorfall mit der großen haarigen Spinne, die auf der weißen Wand des Zimmers hockte, wie ein böser Gedanke, größer als die meisten Spinnen, die sie bisher mit Mühe ignoriert hatte, als sie zuerst in dem Licht des kleinen Erkers mit den sechs Butzenscheiben, wo sie mit einigen persönlichen Sachen auf der polierten Eichenholztruhe eine kleine »Ecke« eingerichtet hatte, in Tränen ausbrach, doch dann die zwei Stockwerke hinab in die Küche lief und Mrs. Bacon bat, das schreckliche Ding aus ihrem Zimmer zu schaffen, sie vermöge es nicht, und die sportliche Angehörige der *upper middle class* ging ohne viele Worte zu verlieren in das Zimmer ihrer Haushaltshilfe, faßte die große Spinne mit einem Staubtuch und schüttelte dieses bei geöffnetem Fenster in den Garten aus, wo die Spinne sich verlaufen würde oder vom Kater gefressen, das sei noch gar nichts gegen Australien, wo Lindas Mutter es nicht mehr ausgehalten hat, wenn immer man dort eine Toilette oder ein Badezimmer betritt, starrt einem so ein *horrible thing*, wie Barbarina es nennt, entgegen, Lindas Mutter hat deshalb aufgegeben und ist wieder mit der Familie und der Hälfte des Hausrats nach England zurück, um wieder von vorne zu beginnen, aber es gelingt ihr nicht mehr; und einige Tage nach dem Besuch der Cromwells, eines dicklichen Familienvaters, der einem Schauspieler in der Rolle eines

Bösewichts glich und genau das Gegenteil verkörperte, der väterlich auch zu Barbarina war, mit seiner freundlichen Ehefrau und ihrer beider Kinder, als Barbarina darüber nachdachte, was für ein Mensch dieser Mr. Cromwell mit seinem behäbigen Leib, den glatten, blauschwarzen Haaren und der ruhigen Stimme wohl sei, da stellte Vanda fest, daß Barbarina wohl eine Deutsche sein müsse, da sie genau diese Sprache spreche, und als Barbarina verneinte, sagte sie yes you are. Nun mühte sich Barbarina um ein kleines Geschichtsbild, nannte das Wort Österreich, dessen Aussprache Vanda schwer fiel und zu Spott verleitete, erwähnte das einstige Imperium, worauf die von ihren *elocution-lessons* hörbar Profitierende verächtlich you've lost the war schnaubte, worauf die fremde Hausgehilfin einen Augenblick schwieg und dann etwas von dem Rest eines Imperiums, *Austria, you know,* sagte, und die in diesem Staatengebilde vereinten Länder nennen wollte, Salzburg, Tirol, Steier ... ah, Tyrol, wo Mammy and Daddy skifahren und die Hotelzimmer so überheizt sind, aber das Frühstück so bad, eigentlich rotton, und die bathrooms, whew, disgusting! Und in das ein wenig betretene Gesicht Barbarinas setzte das Mädchen fort, but there are nice boys, do you have a boyfriend, eh? Auch das noch. Einmal, da. Oh, you'll find another one, tröstete das Mädchen, um sodann eine Beschreibung der Nazi zu fordern. Das sind – they killed the Jews, you know, war die zögernde Antwort – whew, I hate Jews, sagte das kleine Mädchen und Barbarina hörte sich why? fragen und das kleine Mädchen mit tadelloser Aussprache just because antworten ... I don't know. Als Barbarina nach Worten suchte oder als ihr bereits anzusehen war, daß sie nicht mehr weiter sprechen wollte oder konnte, wurden sie zum Tee gerufen, den Mrs. Bacon heute allein vorbereitete, und wenige Tage später fand Barbarina Gelegenheit, mit Mrs. Bacon über Vandas unglaubliche Aussage zu sprechen, von der Barbarina sehr befremdet, wenn nicht entsetzt war, doch die Toleranz Mrs. Bacons und vielleicht des gesamten Inselreiches ging so weit, zu sagen, she's only a child, wodurch dieser oftmals so berührende, typisch englische Satz viel von seinem Schmelz verlor und sich geradezu selbst Lügen strafte.

Aber die Bacons gaben sich Mühe. Sie zeigten ihrem jugendlichen Gast jeden Sonntag einen anderen Teil der englischen Landschaft, mit ihren welligen Ebenen und kilometerlangen Mauern, für die die Vorfahren der jetzigen Besitzer ein Lebensalter und oft ein Vermögen eingesetzt haben, um ihren *estate* einzufrieden, für Kinder und Kindeskinder, oft waren diese langen Steinwälle, Mauern und Wehre jahrhundertealt, je länger diese Mauern, desto angesehener die Familien, die am Anfang von wilden Kerlen gegründet wurden, die sich gegenseitig an den Kragen wollten oder besser gesagt an die Gurgel fuhren, und Mr. Bacon macht eine kleine drohende Geste und lächelt gutmütig und ohne Hintergedanken über diese vor Gesundheit strotzende, hypochondrisch auf ihre Zähne fixierte

Bergsteigerin oder Bergbewohnerin, die tagelang zum Zahnarzt lief und den Zahn unbedingt behalten wollte, was Mrs. Bacon sogar zu dem Ausspruch *fusspot* veranlaßte, und die sich so leicht necken ließ; heute könnten sich die wenigsten solche Bauwerke leisten, erstens das Material, das kaum mehr zu beschaffen ist, und zweitens die Handwerker, keiner will arbeiten, es gibt niemanden, der diese Mauern noch so aufziehen könnte, daß sie nach Jahrhunderten stünden, wie diese hier.

Sie sind bemüht, dem klugen und durchaus lernfähigen Mädchen vom Kontinent die Launen auszureden und immer mehr englische Lebensart – die einzig mögliche – einzureden, ein Garant gegen Melancholie und Illusionen. Man kann die Welt nicht ändern, es hat keinen Sinn, überall ein Haar in der Suppe zu finden, man kann nur sich ändern, zumindest zusammenreißen, schlechte Laune und Neid, diese unangenehmen Eigenschaften von *Labour*, die so klar in den zornigen Debatten zutage oder besser ans Licht treten, zum Ergötzen der Bacons hat die Österreicherin auf den Bildschirm gestarrt und why is he so cross gefragt, als ein Gewerkschaftsführer mit zorngeblähtem Halse mehr Lohn für die ungelernten Arbeiter forderte. A good smacking is all they need, klang der Bariton Mr. Bacons, und Barbarina suchte dem lachenden Blick des fröhlichen Hausherrn auszuweichen, da ihr die Prügelstrafe für erwachsene Menschen seltsam unpassend, altmodisch, vergangen und geschmackswidrig für den Fahrer eines Jaguars erschien, und sei er noch so fair zu den Leuten seiner Umgebung und seien seine Scherze noch so geistreich und klug. Auch seine Bemerkungen über die erneut und zum soundsovielten Male zurückgetretene Regierung Frankreichs störten die einstige Schülerin der edlen Sprache dieser angeblich faulen Leute mehr, als sie Mr. Bacons freundliche Aufmerksamkeit genoß. Sie widersprach, und Mr. Bacon lachte freundlich dazu.

She's only a child bedeutet, children are allowed everything, denn das Leben der Erwachsenen währt länger als die Kindheit und birgt nur Verantwortung, sodaß in der Kindheit alle Verantwortungslosigkeit ausgelebt werden muß. Diesen Argumenten konnte Barbarina wenig mehr entgegensetzen als ihre vergebliche Sehnsucht, einst ebenso verantwortungslos gewesen sein zu dürfen wie Vanda und deren boyfriends und girlfriends, allerdings könne sie sich »nach dem Ende der Nazi« nicht mit dem Gedanken anfreunden, schlecht über *Jews* zu sprechen, worauf Mrs. Bacon ein wenig verlegen betonte, daß auch Vanda eines Tages vernünftiger sein werde und hinzufügte, daß sie diese boys, die so tapfer gekämpft haben, bewundere, was übrigens verständlich sei, wenn man bedenke, daß sie ihre families in den concentrationcamps wußten und hofften, noch in time zu kommen, was leider nicht der Fall war, just imagine! Und Barbarina, die gerade zu begreifen begann, daß mit den *boys* amerikanische Soldaten jüdischer Herkunft oder Konfession gemeint sein mußten oder vielleicht englische Soldaten mit solchen Lebenszusammenhängen, war sich auf einmal dessen bewußt, daß sie sich Juden stets als Kinder und Greise gedacht hatte, schöne Kinder und erhabene Greise (das kam von jenem Gedicht, als sie die schreckliche Wahrheit aus einer Verszeile erfuhr), und daß sie Juden immer mit der deutschen Sprache erdacht hatte, sich Juden nur mit der deutschen Sprache in Zusammenhang vorstellen konnte und wollte, *als Teil von uns,* und sich selbst als Teil dieses Zusammenhangs, und sie ahnte auf einmal, daß zwischen Kindern und Greisen noch halb Erwachsene, junge Erwachsene und die im Alter von – Jaime?, Claire? – daß da noch andere, nicht nur hilflose Lebensalter waren, und in ihre Tagträume hinein hörte sie Mrs. Bacon zuerst undeutlich und dann um so deutlicher sprechen, je näher sie aus dem Sternennebel der Gedankenbahnen an diesen Planeten heranflog und auf dem Küchenboden dieses englischen Landhauses aufsetzte, um gerade an der Stelle das Bewußtsein zu erlangen, wo von den Bombenteppichen der Deutschen auf die englischen Städte die Rede war und von der Angst des ganzen Landes, bis zu Winston Churchills unvergeßlicher und in diesem wundervollen Englisch gehaltenen Rede, die den Umschwung hervorrief. Sollten sie doch kommen! Wir waren bereit, nachts an die Küste zu robben und sie zu empfangen, ein Messer zwischen den Zähnen, sagte die ausgezeichnete Charleston-Tänzerin, ein Lachen ihrer mit Perlweiß geputzten Zähne auf den karminrot geschminkten Lippen. Und dann kam D-Day. *The* Day? Yes. *The* Day.

Das war … Da war es wieder, dieses Einverständnis, eine Wahl, eine Tat, eine Bewegung! Robben (oder war das Kriechen?, we should have crawled to the beach, a knife in our teeth), an die Küste, nur »die Zähne bewaffnet« (oder war gemeint »bis zu den Zähnen«?), Barbarina zog »die Zähne bewehrt« wegen des Bildes mit dem Messer und wegen des Rhythmus vor. Sie war stolz auf den Mut der Engländer. Was sie mit dem Messer getan haben würden? Cut their heads off! Und die Lady blickte mit halb geöffneten Lidern über ihre brennende Zigarette auf Barbarina, nahm dann die Zigarette aus dem Mund und lachte hell auf. You're a funny little thing! Natürlich stand der Österreicherin das unangebrachte Mitleid mit den aus dem Wasser watenden Deutschen ins Gesicht geschrieben, aus dem Wasser kommende Tote, langsam erhebt sich der Krieger und glaubt, er hat überlebt und steht den »in den Zähnen« bewehrten englischen Frauen und Kindern gegenüber, die ihren Arm heben und! Wer will seinem Schlächter begegnen? Wer will es erdulden, daß ein Sterblicher Herr sei über mein Leben, meinen Tod? *Herr, gib jedem seinen eignen Tod.* Dieses gedacht und geschrieben haben.

Was aber ist *The* Day? D-Day ist der Tag der Landung der Alliierten. *The Allies?* Alle. *Alle* und *alliiert.* Aber nur in der deutschen Sprache. Landung wo? An der Küste Frankreichs. Ach … Barbarina wußte das nicht. Sie wußte nicht, was *The* Day war? We waited such a long time.

Nicht Calais. Nicht Dieppe. Nicht Le Havre. Nicht Cherbourg. Die normannische Küste von Trouville bis Honfleur in einem offenen Wagen, eigentlich Kalesche, den Blick nach links, ins Offene. Abbé Suger war Minister Ludwigs des Siebenten. Seine Kirchenbauten sind noch geprägt vom monastisch romanischen Stil. Hugue Capets Macht hatte einst nicht über Paris und Orléans hinausgereicht, denn die freien Herren von Aquitanien, Auvergne, Provence, Anjou, Burgund, Normandie und Bretagne regierten in den Provinzen. König Heinrich der Erste von England war denn auch Herzog der Normandie. Ludwig der Sechste, König von Frankreich, begann einen erfolglosen Kampf gegen Heinrich, er begünstigte die Städte und hegte so etwas wie nationale Gefühle. Aber Ludwig der Siebente schwächte das Königtum, indem er Aliénor, duchesse d'Aquitaine et comtesse de Poitou, verstieß, und sie vermählte sich mit Henri, comte d'Anjou Plantagenêt. Ihr zartes Gesicht, zu sehen in Fontevrault. So besaß Aliénors Gemahl, der nunmehr englische König Heinrich der Zweite, mehr als halb Frankreich. In dieser Zeit wurden die Westfassaden der Kirchen mit zwei Türmen versehen.

Die normannische Küste von Trouville bis Honfleur, im offenen Wagen, den Blick nach links, zur Küste, ins Offene hinaus. Wuchtige normannische Kirchen im Sinn. Einst flachgedeckte Basiliken, hervorgegangen aus hellenistischen Königshallen, Langbauten aus drei oder fünf Schiffen bestehend, wobei die seitlichen niedriger sind als das Mittelschiff, mit Gewölbeträgern, genannt Diensten, Blick und Schritt werden in die eine, nach Osten gewandte Richtung gelenkt. Massive Mauerberge mit Rotten von Türmen und Türmchen sind diese Kirchen, die verzierten Westfassaden meist von zwei Türmen mit quadratischem Grundriß flankiert, deren oktogonale Zeltdächer je vier Ecktürmchen krönen.

Nicht Calais, Dieppe, Le Havre. Nicht Cherbourg. Trouville und Claude Monets »Hôtel des Roches-Noires«. Trouville und seine flanierenden Gäste, Trouville und seine bewimpelten Strandhotels.

Honfleur, Trouville-sur-Mer, Touques, Deauville, Blouville, Villiers-sur-Mer, Pont l'Évêque, Riva Bella. Cabourg, Lion-sur-Mer, Langrune-sur-Mer, St. Aubin-sur-Mer, Courseulles-sur-Mer, Rochers du Calvados. Von Riva Bella südwärts in die Ebene von Caen. Von Caen ostwärts über *Cambremer* nach Lisieux. Und irgendwo südöstlich im Landesinneren Falaise, die Heimat von Guillaume le Conquérant ou le Bâtard, duc de Normandie, roi d'Angleterre.

Cabourg und sein Grand Hôtel, zuerst von ferne, mit den Strandkabinen und der überdeckten Plage, verschwommen fast, wie ein Aquarell, und dann näher kommend, der Turm des Hotels, der gleichsam seiner Treppentürme beraubte Mittelturm eines karolingischen Westwerks, nein, der mit einem polygonalen Zeltdach versehene Belfrey oder Berfrei, also Belfrit, ein Auslug und Machtzeichen ohne Geläute, nein, ein gewöhnliches Dachrestaurant, mit Blick über den Baldachin des Cafés auf den Strand.

Lisieux und sein Carmel der kleinen Thérèse Martin. Bayeux. Seltsame Kathedrale, mit zweiundzwanzig Kapellen, einer großen Krypta unter dem Altarraum, begonnen im achten Jahrhundert, und die gleichsam sarazenischen Wandverzierungen des romanischen Teils, zwischen Galerie und Arkaden, begrenzt von den Diamantfriesen der Gurtgesimse und allerdings runden Arkadenbögen, die dennoch an *persische Kunst* erinnern, will sagen Baalbek, das alte Heliopolis, eine phönizische Stadt.

Städte und Namen, Dörfer und Namen, Siedlungen und Namen. Riva Bella, Ouistreham, Lion-sur-Mer, Bayeux! Langrune-sur-Mer, Saint-Aubin-sur-Mer, Courseulles-sur-Mer, Rochers du Calvados. Arromanches-les-Bains, Port-en-Bessin, Grandcamp-les-Bains, Isigny-sur-Mer. Utah Beach. Sainte-Mère-Église (*Méséglise?*), Montebourg, Valognes. Saint Vaast-la-Hougue, Quettehou, Barfleur, St. Pierre Église.

Caen, als in der Nacht zum sechsten Juni neunzig Widerstandskämpfer erschossen wurden. Immer zu sechst. Die mittags noch lebten, bekamen eine Suppe. Sie wurden verscharrt, dann exhumiert und sogar verbrannt. Ihre Asche verstreut. Es wird gesagt, man kenne nicht ihre Namen.

Die Herausforderung war, die karolingische Baukunst zu Ende zu denken, das ganz andere des Steins, das Nicht-Holz, den Nicht-Wald in ein Fließen und Schweben zugleich zu verwandeln. Das Neue war, den Grundriß des Bauwerks, aus einem steinernen Flußbett für die voranstrebende, Heiligkeit erhoffende Masse, in ein Gebilde aus ruhenden, quadratischen Flächen zu verändern. Das Neue war, die Zerlegung des Ganzen in eine Summe selbständiger Teile zu begreifen. Rechnerische, statische und handwerkliche Aufgabe war die Überspannung nicht nur der kleineren Seitenschiffe, auch die Überwölbung des größeren Mittelschiffs. In Caen und in Speyer haben die Meister dieses gewagt.

Es galt, die rechtwinklige Durchdringung zweier Tonnengewölbe, die dabei entstehenden sphärischen Dreiecke sind genannt Kappen, es galt das Aufeinanderprallen zweier Joche unter einem fast quadratischen Feld, bei fast gleicher Höhe der Transversalen, Diagonalen und Rippen, unter Verwendung des Rippenbogens. In Caen haben die Meister dieses gewagt. In der Abbaye-aux-Hommes, genannt »Saint Étienne«, und in der »Trinité« genannten Abbaye-aux-Dames der schönen Mahaut von Flandern, Herzogin der Normandie und Gattin von William the Conquerer, haben sie es gewagt. Mehr noch. Hier wurde der stets »ausgeschieden«, das heißt von angrenzenden Räumen durch Bogen getrennt aufgestellte Turm, in den Westwerken der eigentlichen Kirche bisher vorgelagert, auf die Vierung, wo Lang- und Querhaus einander durchkreuzen, übernommen und zur beherrschenden Mitte der Turmkrönung gemacht. Sainte Trinité ist von sechs Türmen gekrönt, Saint Étienne besitzt deren neun.

Die Wölbung wandelt die Wand, das Gewölbe fordert senkrechte Glieder. Diese Auflager wurden als einfache oder dreigeteilte Säulen der Wand vorgelegt. Daraus entstand der neue Zwiespalt. Der Bewegung nach vorne gesellte sich die nach oben hinzu. In Caen geschah dies zuerst. Und das ging so: Die Wandvorlagen stiegen als Rippen an den Graten, das ist dort, wo seit den Zeiten der Römer die Kappen aufeinandertrafen, höher und höher, bis an den Gewölbescheitel hinan. Das war die Besinnung auf die Wölbungskunst der Römer. Das war Schutz vor Feuersbrunst im Inneren. Das war die Richtung der Inbrunst hinauf. Und das war die Entstehung des sechsstrahligen Kreuzrippengewölbes, das ab nun die Baukunst des Neuen Denkens markiert. Sich lossagen von der Anziehungskraft der Erde, leugnen die Schwere des Steins, erlösen die Welt von irdischer Endlichkeit, entrücken die Seelen unendlich hinauf und zuletzt abschwören der Bindung ans Diesseits.

Dazu kam die plastische Aushöhlung der Wand, innen die Auflockerung in schattenfangende Triforien und Emporen, außen die Auflösung einst trotzig herber, gewaltiger Mauern der Frühzeit durch ihre Erhöhung mittels Lisenen und waagrechten Rundbogenfriesen, später Auflösung in Zinnen und Kassettenfriese, die Fenster zurückgetreppt unter runden und kleeblattförmigen Blendbogen.

Dies optische Spiel von Licht und Schatten erhält seine Krönung später in der Aushöhlung der Außenmauern durch Anbringung von Zwerggalerien, zuerst an den Chören, dann am Langhaus oder gar an den Türmen.

Blieb noch immer die Schwierigkeit der Gewölbetechnik, zu sehen in der Kirche Saint Nicholas in Caen. Bis den heimkehrenden Kreuzfahrern die Lösung des sarazenischen Spitzbogens kam.

Ai, Aliénor/gentils flors/e mout amatz dels trobadors/dompna cortes et avinens/filha que fo d'onradas gens:/Mon senher Guillem de Pieiteus duc d'Aquitaine. E fo meiller trobaire/*e fetz mains bons vers ab bon sos*/e trobet aissi:

La nòstra amor vai enaissi
Com la branca de l'albespi

und das ist der *Weißdorn*, Aliénor/den hat Dein Vorfahr besungen, das war der erste Trobador/und das hat so geklungen:/Und der Weißdorn zittert des Nachts auf dem Zweig/bei Regen und Wind

Qu'està sobre l'arbre en tremant
La nuoit a la ploja e al gel

bis am Morgen die Sonne ihm scheint/und grün seine Blätter sind

Trò l'endeman que l'sòl s'espand
Par las fuòlhas vert'en ramel.
(Guillem de Pieiteus)

Ai, Aliénor/dompna d'amor/ jetzt, da ich Dich aus den Augen verlor//seit Wochen nicht mehr an Dich denke//Dich also beinah schon vergaß/kommt Deine schöne Nachricht daher/willst einen Gruß mir schenken/und so gestehe ich dir heut/was Du für mich bist/mon senher/und zugleich schon gewesen bist/so als wär/alles lange schon her/bels senher//der Du mich verbannt/aus Dein'/*cor e cors*/maint dompna d'amor/ und so ist alles gewest/ehe es war//und alles liegt gleichsam hinter uns/und liegt vor uns immerdar//

am la plus belha e la melhor
del cor sospir e dels huels plor
quar trop l'am, per que hi ai dan.
(Bernart de Ventadorn)

Ai, Aliénor/du ferner Strand, du felsiges weißes Küstenland/ich wollte halten Deine Hand/und meine Finger in Deine/verschränken/und meine Hand auf Deine/lenken/und mein' Blick in Deinen versenken/ Dein unter Tücher gebundenes Haar/und der schmale Goldreif/wie schön der war/und wie er ruht auf deiner Stirn/und das blaue in Falten fließende Kleid/nur um die Mitte gerafft und gereiht/mit einem Gurt/einer Schnur/wär ich die Gurtfibel nur/wie schmal du bist/und wie stark Deine wissende Hand//und die Finger smart/halten die Laute zart//und sie suchen den Vers/im Buch von Lancelot/

weißt du noch wie es war//wir haben geredet vor Tag und Jahr/geredet von Tristan und Iseutz und Marke? Und wer von ihnen litt mehr/Iseutz, Tristan, Marke oder wer? Und du hast gesagt/Valens Trobadors/ so hast du gesagt/laßt uns einen Wettstreit beginnen/ und um die Wette singen/und schreiben eine Tenzon//das ist ein Streitlied und keine Canzon/von

Marke/und Tristan/und ihrer Minnen/zu Iseutz/der schönen Herzoginnen/la dompna Tristan/und als wir darüber geredet hân/wie das so ist mit der Minnen und *Las razos del trobar*/da traf mich auf einmal Dein Blick/der ich der Vasall deines Herzens war/und ich sagte bei mir/ruf Deinen Pfeil doch zurück/denn das kann nicht gut gehn/doch da wars schon geschehn/ und es war schon geschehn//Und ich folge Dir übers wilde Meer/nach Tripolis an den Strand/und dort sinke ich sterbend an Land/und sie rufen dich her/als du kamst an das Meer/da wußten alle/daß du warst/: *Aliénor/moiller qe fo del duc d'Anjou/li reis de Britania/larcs om e cortes et avinens cavaliers.*

Ai, Lienor/*qu'ie. us servirai cum bo senhor*/und das ist kein Scherz/nimm mich an Dein Löwinnenherz.

Mood indigo
adoring you so
the tide is low
and the winds blow

Mood indigo
adoring you so
and a child sleeps
and my heart weeps
and the winds blow
and the waves grow
and the gulls sing
and the bells ring:

Look yonder look yonder
over la fera mar prionda

Mood indigo
adoring you so
the wind weeps
and a child sleeps
the tides rise
and a bride's wise
when a bell rings
and a gull sings:

Adoring you so
Mood indigo

Ich mußte dich lieben
without my fault
könnt' ich bei dir liegen
in Fontevrault

Mood indigo
adoring you so
und der Geist ward Fleisch
am fernen Strand
im weißen Sand
im Küstenland
laß mich ruhen bei dir
mon seul désir

Mein' Hand Blau
dein Lions Blau
and the wild sea
between you and me
and the waves flow
to and fro:
Adoring you so
Mood indigo

Del cor sospir i dels huels plor
Princesse lointaine Aliénor
und der Geist ward Fleisch
am fernen Ort
und Blau ist Blau
und Weiß ist ein Wort
Es bebt mein Sinn
e cors e cor
ich geb mich hin
für Aliénor

Das Leben lebt
der Leib bebt
die Liebe liebt
der Geist gibt
das Blut jagt
das Herz sagt:
ich lebe ich lebe
ich liebe

Tornada:

Sweet letter fly yonder
over la fera mar prionda
to the Princesse lointaine
La flor d'Aquitaine.

Barbarina lernt also Charleston, sie lernt ein wenig step dancing, lernt englische Folksongs und alte und neue Schlager. Sie lernt einiges über die Sprache der Cockneys, ihre wichtigsten Eigentümlichkeiten und wie sie faszinieren, wenn sie an Feiertagen dreißigtausend Knöpfe tragen aus Perlmutt auf Kleidern und damit defilieren. Sie lernte Zungenbrecher und heimlich ein Zweifingerstück auf dem Klavier sowie den Fünfzeiler über eine »Lady of Niger«, die sie als Paraphrase empfindet der schönen Sage von Lady Godiva.

Sie nahm jetzt, da Gerhild in London war, keine Reitstunden mehr, sie mußte das Geld für die Rückreise sparen, doch eine Einladung zum Segeln nahm sie an.

Siglinde und Irmgard (die Deutsche mit dem österreichischen Akzent) hatten Barbarina mit jungen Engländern bekannt gemacht, die hatten in der Bucht von Südende eine Jacht liegen, und eines Sonntags riefen sie an und holten Barbarina an der Bushaltestelle mit Verspätung ab, Barbarina in Jeans und Pullover und mit Segelschuhen, ganz nach Vorschrift. Am Hafen stiegen sie in ein wie eine Nußschale geformtes

Boot oder Dinghi und setzten über zur Jacht, da draußen liegt sie, ein Schiff wie die anderen, ein wenig abgetakelt sieht sie aus, die gesamte *Takelage* – alle Masten, Rundhölzer, Segel und das stehende und laufende Gut – liegt unter der Persenning, die zunächst abgedeckt werden muß, solange die Mädchen noch auf dem Dinghi um die Yacht kreuzen, besser gesagt rudern, während sich irgendetwas auf der Yacht tut, was man hier unten auf dem Wasser, wo sich alle Proportionen verzerren, und wo die vergeßliche Seefahrerin Angst überkommt vor den großen, im Hafen vor Anker liegenden Schiffen und dem schwarzen Wasser der Bucht, nicht genau sieht oder als echte Bergratte und Waldschratt nicht zu sehen begehrt.

Die bulligen oder haarigen Männer die sich schon auf der Yacht tummeln und mit dem *Auftakeln*, dem Setzen des Mastes und Anbringen der Spieren, dem Spannen von Wanten und Stagen, befassen, auch der Backstag wohlgemerkt, die an Luv gespannt werden muß, wegen des Großbaums, der sich sonst nicht bewegt, halfen den Mädchen an Deck und das dunkelhaarige, sehr laute, und sehr gut gelaunte Mädchen sagte zum wiederholten Male, das sei alles furchtbar einfach, und als sie endlich an Deck des kleinen Segelboots sind und über das Tauwerk stolpern, das für die Schiffsfremde wie ein wirres Depot, ein ungeordnetes Lager für Schiffszubehör wirkt, unterhält sich die vor Fröhlichkeit platzende Engländerin mit den beiden fröhlichen, plump und unattraktiv wirkenden Engländern in einem für Barbarina unverständlichen Jargon und sie werfen einander scheinbar verknäulte Taue oder Enden zu und rufen unverständliche Befehle und da erhielt Barbarina einen furchtbaren Schlag auf den Hinterkopf, und ein riesiges hölzernes Schwert, der Großbaum, riß sie beinahe ins Wasser und fuhr über sie hinweg und weiter nichts, Barbarina wunderte sich, daß keiner etwas bemerkte und wunderte sich weiter, weshalb sie als einzige so dumm sein mußte, immer die unangenehmsten Dinge zu erleben, wie ein Schiffsjunge, wie Oliver Twist oder ein anderer Romanheld oder Heldin, denen die gröbsten Gesellen begegnen. Barbarina war aber in keinem Abenteuerroman, sie war lebendig! und siebzehn! und sie wollte ein wenig segeln; und das hatte sie jetzt davon, sich mit Leuten mit einer so grauenhaften Aussprache auf ein Boot zu begeben, zuerst der absolut unmögliche Asiate, jetzt dieses, und obwohl sie wußte, daß Leute mit besserer Aussprache sie nicht einmal eines Blickes gewürdigt hätten, und obwohl und gerade weil alle Menschen gleich sind – vor Gott wohlgemerkt – hätte Barbarina ihre Schiffsgäste, so sie sie gehabt hätte, wenigstens vor dem Yard, das heißt Schlagbaum oder, wenn es ein Kutter ist, die Rahnock, gewarnt.

Mittlerweile neigte sich das Boot irgendwie merkwürdig, und die Zurufe wurden leiser, nämlich bedächtig, und das inzwischen gesetzte, jedoch schlaff wirkende Schratsegel lag schon fast waagrecht, nun wurde es den Schiffern doch zu gefährlich und die Engländerin sagte etwas von Gewichtsausgleich, legte sich einen Gurt an und holte einen Handgriff, der plötzlich von einem Stag oder laufenden Draht hing oder sichtbar wurde, ein, sodann stieg das kräftige Mädchen mit dem schwarzen Haar und in engen Jeans mit einem Bein auf den Schiffsrand, besser gesagt auf die Scheuerleiste, zog sich ein wenig hoch und den hinteren Fuß nach, stand nun einen Augenblick mit breiten, abgewinkelten Knien an der Bordkante, um die Knie sodann durchzustrecken und als eine umgekehrte, nach außen gebogene Galionsfigur zu schweben über dem Meer. Das war, so schien es, nicht genug, sie rief etwas und dann, nach Abwinkeln des vorderen Beins stieg sie um, das heißt mit dem hinteren Bein ins Cockpit, hakte den Trapezgurt aus, kroch unter dem Baum, den Barbarina mit einem Tau oder Ende, wie ihr geheißen, in einer bestimmten Position festhielt, durch, setzte sich auf das gegenüberliegende Deck, hakte den Gurt ein, kletterte unter Hochziehen am Handgriff und Anstemmen des vorderen Beines an der Scheuerleiste wieder heraus, bog die Knie durch und legte sich weit hinaus, mit dem Rücken zu Meer und Wind. Später senkte sie diese Position, indem sie nur die Knie abwinkelte, ohne sich am Handgriff hochzuziehen. Als sie Barbarina in dem kleinen Austin nach Hause brachten, war Mitternacht längst vorbei. In der Hall brannte das kleine Licht.

Drei Wochen später, als die Abreise so gut wie fest stand, als sie das Angebot, vielmehr die Bitte, noch ein Jahr länger zu bleiben, endgültig abgelehnt hatte, weil sie dieses für sie leblose Leben nicht mehr länger aushielt und weil Alice nunmehr im letzten Schuljahr und daher neuerdings arrogant war und bedient werden wollte, und weil nicht nur ein Treffen mit dem Mann der Friesin in einer deutschen Grenzstadt beschlossen war, weshalb sie eine andere Route nehmen und erneut mit einer Lüge zurückkehren würde, sondern weil die kommende Mitternachtsmesse im Dorf die sicherste Gelegenheit bot, Friedrich am Grab seines Vaters, das nicht weit von dem ihrer Verwandten lag, zu sehen; als sie für zwei Nächte nach London fuhr, zur nächsthöheren Prüfung, für die sie viel zu wenig vorbereitet war, zu der sie jedoch auf Anraten von Mrs. Kent antrat, weil sie mündlich angeblich große Chancen hatte, und als sie bei Gerhilds Gastgebern Unterkunft nehmen sollte und sich innerlich auf eine kühle Begegnung mit Gerhild vorbereitete, und als sie von Victoria Station von einer Telefonzelle aus anrief und under ground die Circle Line/Northbound bis Edgeware Road nahm und von dort noch einmal anrief, und als Gerhild so erfreut klang und sagte, sie solle entweder, wie die Mistress meint, die Edgeware Road entlang bis zur kleinen Brücke gehen, das sei ein Spaziergang von höchstens zwanzig Minuten, Maida Avenue und Bloomfield Road jeweils links liegen lassen, und nach Bloomfield Road in die Clifton Road einbiegen und entlang gehen bis Clifton Gardens number seven, und als Barbarina zögerte, oder dann besser den Bus nehmen, hinzufügte, jede Nummer sei gut außer sieben, und als Barbarina den Bus Nummer sechs nahm, sah sie einen im Heck des Busses stehen, und sie sagte sich, jetzt oder nie. Und als sie nach mehr als zwei Stunden in Clifton Gardens Nummer sieben an die Tür pochte, und als Gerhild öffnete und fassungslos lächelnd etwas von Sorgen und Warten und Tee vorbereitet und Mrs. Holborne hat gefragt stammelte, wirkte Barbarina wie berauscht, sie ging sehr langsam an Gerhild vorbei und wollte direkt in das Dienstbotenzimmer geführt werden, stellte ihre Tasche ab und sagte, ich will nur hier schlafen, ich gehe sofort wieder, ich habe einen getroffen, den werde ich später nie mehr wiedersehen, sag' irgendetwas, sag' was du willst, daß ich krank bin oder verrückt oder betrunken, sag' ich habe einen Mann gesehen, dessen Gesicht fiel mir auf, ich habe ihn angesehen und angesehen, so lange, denn es bleibt keine Zeit, bis auch er sah, und er wollte etwas sagen, aber ich stieg aus und er mußte mit mir aussteigen, so gewaltig war das, und ich sagte, sie warten auf mich, aber ich gehe mit dir, ich will wissen, nein, ich will nichts wissen, nur gehen neben dir, Seite an Seite, als gingen wir nach Hause, in Wahrheit sagte ich gar nichts, ich ergriff seine Hand oder er ergriff meine Hand, ich sah ihn nur an, er fragte nichts mehr, er wanderte langsam mit mir, er trug meine Tasche, wir waren an einem kleinen Fluß, sag' nichts, mir ist egal, wie der Fluß heißt, er wartet noch dort, ich muß gehn.

Der dunkelhäutige Mann mit den schönen Zügen, dem glatten Gesicht, dem blauschwarzen Haar, den bläulichen Lippen, dem wachen und zugleich gelassenen Blick, der junge, fremdländische Mann mit dem schönen und zugleich intelligenten Gesicht, in dem nichts Böses wohnte, der sanft und nicht weich war, gütig, nicht schwach, ein junges Gesicht, das vollkommen war, weil es beides in sich trug, Idee und Gestalt, Wunsch und Gewähren, Geist und Fleisch, dieser junge Mann, bei dessen Anblick sie sogleich wußte »Indien«, und »zu spät«, und »jetzt«, und »nicht versäumen«, hat ihren Blick erwidert, hat ein wenig gelächelt, ist auf eine stumme Bitte mit ihr ausgestiegen, blieb mit ihr am Straßenrand stehen, sah ihr lange in die Augen, berührte sanft ihre Arme, ergriff ihre Tasche, legte den Arm um ihre Schultern und führte sie langsam und schweigend fort, schlenderte schweigend mit der am ganzen Leib von rasendem Herzklopfen bebenden Fremden zur Brücke, bog ab zum Fluß, setzte sich auf die Kaimauer, indes die im Traum Wandelnde sich lehnte an seine Knie.

Sie schwiegen, sie sahen sich an, die Mauer hatte moosige Flecken, der Himmel war hell, den Fluß oder Kanal sah sie von hier aus nicht. Als sie sich die wie eine Quelle aus den Augen strömenden Tränen trocknete, sprach sie als erste und sagte, daß das ihrer beider Stunde war und die mußte reichen ein Leben lang. Und er sagte, ich weiß. Und sie sagte, ich weiß, daß du weißt, aber ich muß es sagen, damit es nicht ungesagt auf der Seele liegt und mich erdrückt. Ich weiß, sagte der junge Mann.

Und dann fing er in einer fremden Sprache leise zu singen an. Er wiegte sich ein wenig, umarmte sie fester, unterbrach sich und begann zu erzählen:

Ein Königssohn, vor langer Zeit, weit fort, er schrieb ein Lied, für sie, die er noch nie gesehen hatte. So sehr liebe ich dich, daß ich dich nie vergessen kann, nicht im Leben und nicht im Tod, Maj-i-Nu, denn Maj-i-Nu hieß die Prinzessin, und sie war schön wie die Mondsichel über dem Jumna, das ist der Fluß. Und der Königssohn hatte von ihrer Schönheit singen hören, wenn er sich mit seinen Dienern zu den Geschichtenerzählern begab. Wenn du die Augen aufschlägst, geht die Sonne auf, Maj-i-Nu. Wenn du die Arme öffnest, öffnen sich die Blätter der Lotosblüte, Maj-i-Nu. Nie werde ich dich verlassen. Keine Macht der Welt und keine des Himmels vermag uns zu trennen. Nicht Krankheit und nicht der Tod. Komm zu mir, Maj-i-Nu, denn bei mir sollst du nie den Schmerz der Trennung erfahren. Und wärest du von einer Krankheit, von furchtbaren Plagen befallen, ich verlasse Dich nicht. Und wäre deine hell schimmernde Haut von Aussatz bedeckt, ich verlasse dich nicht. Maj-i-Nu! Dein schönes Gesicht, wäre es von Blattern und eklen Geschwüren entstellt, ich verlasse dich nicht. Und der Tod wird uns nicht trennen.

Schrecklich schön war das Lied des Königssohns und die Leute fürchteten sich, aber sie weinten, so sehr waren sie von seiner Liebe ergriffen.

Maj-i-Nu aber sang auch ein Lied, in das blaue Königszelt der Sternennacht sang sie hinaus: Lah-La, sang sie, ich verlasse dich nicht. Und wäre deine schöne Stimme verzerrt und verwandelt, ich hielte dich umfangen und tröstete dich. Und wären deine schönen Hände und dein geschmeidiger Leib durch ein schmerzhaftes Leiden gekrümmt und entstellt, ich hielte und tröstete dich, alle Tage meines Lebens, mein Lah-la.

Und sie blickten in die Nacht hinaus, und ihre Blicke trafen sich auf einem Stern, und sie eilten hinab, ein jedes in seinem Garten, und sie ritten auf weißen Pferden durch die schimmernde Sternennacht aufeinander zu. Und am Ufer des Flusses Jumna in der Stadt Agra sank Maj-i-Nu vom Pferd und fing Lah-la sie auf in seinen Armen. Und sie ließen nie mehr voneinander und regierten glücklich und gerecht, und bauten Moscheen und Gärten.

Und es steht ein Grabmal am Jumna zur Erinnerung, und es pilgern die Liebenden aus Asiens Ländern und aus allen Ländern der Erde hinzu, und viele Völker singen das Lied dieser einzig Liebenden, die nie getrennt werden wollten, nicht im Leben und nicht im Tod. In den Liedern tragen sie viele Namen. Einer ist Lah-la und Maj-i-Nu, ein anderer Shah Jehán und Muntaz-i-Mahal.

So sang und sprach der fremde junge Mann mit den schönen Augen, mit den schönen Zügen und mit dem wachen Gesicht. Und sie dachte an die Geschichte vom Armen Heinrich, wo es hieß:

dîn triuwe die dû hâst

daz dû mich siechen bî dir lâst
und von mir niene fliuhest.

Sodann trennte er sich sanft von ihr und schickte sie zu ihren Gastgebern und bat sie, wiederzukommen in einer Stunde, noch ein Mal, damit der Abschied ihr leicht sei. Und als sie wiederkam, schlenderten sie langsam den Fluß entlang, aber von hier aus war der Fluß nicht zu sehen, und auch die Sterne waren verhüllt. Kurz vor Mitternacht, als sie diesen Stadtteil schon mehrmals abgeschritten und umkreist hatten, als nichts mehr zu sagen war und Barbarinas Unhöflichkeit gegenüber ihren Gastgebern jedes Maß überschritten hatte, trennten sie sich an einer Kreuzung, lösten sie die ineinander verschränkten Finger, durchtrennten sie die Berührung der Hände, unterbrachen das Rauschen des Blutstroms, das sich übertragen hatte auf die Wellen ihres Herzens.

Die letzten Schritte bis zum Tor legte sie im seltsam hellen Mondlicht durch den Vorgarten allein zurück. Mit diesen Schritten über den Kiesweg unter dem Mondlicht vergaßen ihre Schritte den Paß seiner Schritte, vergaß ihr Leib seine Nähe, vergaß ihr Gedächtnis sein Gesicht, verschloß ihr Herz in sich sein Lied, sickerte der Liebestrank aus Worten hinab in die Geschmeidekammer ihrer Erinnerung. Sie blickte nicht zurück. Oder doch? Kurz ehe das Tor ins Schloß fiel, hob sie den Blick. Hell lag der Garten, schimmerten Straßen und Häuser, menschenleer.

Am nächsten Morgen war die Stimmung getrübt, Gerhild, die nur eine Andeutung der nächtlichen Entrückung zu begreifen vermochte, erzählte, Mrs. Holborne habe ihre Verwunderung über eine sogenannte Freundin geäußert, deren Besuch nicht einmal fünfzehn Minuten ihrer Haushaltshilfe, vielmehr einer stundenlangen Zusammenkunft mit ganz anderen, offensichtlich wichtigeren Bekannten galt. Barbarina konnte sich das Bild, das sie darstellte, sehr gut ausmalen und machte sich rasch auf den Weg zum Oxford Circus, wo sie in dem Institut für Ausländer ihre Prüfungen ablegen sollte. Die Mündliche Prüfung war positiv, die Ergebnisse der schriftlichen sollten nachgesandt werden.

Nach dem Saal der »Madonna of the Rocks« bemerkte sie ein relativ kleines, querformatiges Bilderpaar, zwei Flußlandchaften glaubte sie auf den ersten Blick zu erkennen, Flüsse, die sich in den Bildvordergrund ergossen und knapp vor dem Auge des Betrachters nach rechts abwichen, um sich außerhalb des Bildes zu entfernen, doch sogleich erkannte Barbarina, daß es sich um zwei schmale Hafenbuchten handelte, jeweils von Palästen umrahmt, deren breite Freitreppen direkt ins Wasser zu den Anlegeplätzen für die kleinen Prozessionen führen, die eine, vom Standpunkt der Betrachterin aus entferntere, von rechts nach links, das heißt vom rechten Bildmittelgrund Richtung Bildmitte, scheinbar in den Bildvordergund herein, die des anderen Bildes vom linken Bildrand in einer flachen Wellenlinie in den Bildvordergrund auf dessen Mitte zustrebend. Am unteren Rand beider Bilder befand sich die Entladungsstelle: mit den Dockern, die den Pier räumten auf dem linken Bild (dessen Prozession sich nach rechts bewegte), mit dem erst zu entladenden Packboot auf dem rechten Bild (dessen entferntere Prozession sich nach links zu bewegte). Die Prozessionen beider Bilder führten hinab, von der Höhe des Palastes, über die breiten Freitreppen, die unter dem Säulenrundbau (links), dem Säulengeviert (rechts) dem Wasser zustrebten, die Bucht säumten. In beiden Fällen handelte es sich um hohe Persönlichkeiten mit ihrem Geleite, rechts wohl eine gemischte Gesellschaft, links hingegen nur Frauen. Beide Szenen wurden im untersten und äußersten Bildrand (im linken Bild links unten, im rechten Bild rechts unten), also in unmittelbarer Nähe zum Betrachter, sozusagen mit ihm, von einer Figurengruppe beobachtet, wobei eine Figur in Rückenansicht, die andere im Halbprofil dargestellt war. Bildmitte und Hintergrund füllten die Segelschiffe gegen den hellen Horizont, grüne Laubbäume flankierten den Palast rechts, drängten im linken Bild von rechts in den Himmel, bildeten die alleinige »ruhende« Flanke in Fortsetzung der »beweglichen« der aufgetakelten Kutter, der mittlere mit gerefftem Großsegel.

Das linke Bild mit der Frauenprozession liegt im Glanz eines unwirklichen, jedoch heiteren Gegenlichts, ein Zweimaster mit gerefften Rahsegeln ragt in das diesige Licht, weit draußen scheint ein Dreimaster eine Hafenfestung zu tragen. Dies ist die Wiedergabe einer optischen Täuschung, dargestellt in strenger, sich zum Bildmittelpunkt verjüngender Perspektive, in welcher die Abwandlung von Senkrechter und Waagrechter in dem die Horizontlinie fortsetzenden Schiffskörper des Dreimasters einerseits, dessen Klippersteven zum Bildmittelpunkt zeigt, und den dahinter befindlichen Festungstürmen andererseits aufeinandertrifft.

Das Gebäude, aus dem sich der Strom junger Frauengestalten über die Freitreppe zum Anlegeplatz im Bildvordergrund, wie auf einen griechischen Marktplatz ergießt, gekleidet in den verschiedenen Tönen von Scharlach bis Karmesinrot und Blau, in einer abseits wartenden Gruppe eine in leuchtendes Orange gegürtete Trägerin einer weißen Fahne mit rotem Kreuz, erweckt den Eindruck, die kulissenhafte Kopie eines kleinen römischen Rundtempels mit dorischem Peristyl zu sein, wenngleich von diesem lediglich drei Säulen mit dem aufliegenden Gebälk samt Balustrade aus der von unten gesehenen Perspektive, und zwischen den Balustern jeweils ein Streifen blauer Himmel zu sehen ist.

Das rechte Bild, mit der entfernten, gemischten Prozession ist in kälterer Stimmung gehalten, das Licht scheint eine Morgenstimmung und eine frühere Epoche als das andere anzudeuten. Eine einzige Säule im linken Bildvordergrund füllt die Höhe des Bildes, läßt den Durchblick auf den Horizont frei. Ihr runder

Schaft, auf runder und eckiger Plinthe ruhend, strebt samt abgerundeter Kannelierung auf in ein korinthisches Kapitell. Das aufruhende Karnies des Gesimses steigt gleichsam aus dem Rahmen. Knapp hinter der Säule liegt ein seltsam aufgetakeltes Schiff, dessen halbgesetztes Großsegel samt weit ins Bild reichendem Bug und Ankersteven düstere Stimmung verbreitet. Dem entspricht der dunklere Wolkenball über den Zinnen der Festung. Am Turme ankert ein Schoner, dessen drei Masten aus dem Fluchtpunkt der Perspektive zart in den Himmel ragen. Von hier aus kehrt die Fluchtlinie der Mole in den rechten Bildvordergrund zurück. Sie säumt den Vorplatz eines Palastes mit Viersäulenportikus und zurückgesetztem Obergeschoß mit Dachskulpturen, die im Licht stehen.

Lange stand Barbarina in die beiden Hafenstücke versunken. Den Namen des Malers hatte sie noch nie gehört. Claude Lorrain war sein Name. »Seaport with the Embarkation of Saint Ursula« (linkes Bild) und »Seaport with the Embarkation of the Queen of Saba« (rechtes Bild) lautete die Beschriftung.

Inhalt